【悲報】売れないダンジョン配信者さん、

うっかり超人気美少女インフルエンサーをモンスターから救い、バズってしまう

LIVE

著 taki210

Hihou urenai dungeon haishinsha san

主な登場人物

神《かみ》木《き》拓《たく》也《や》

本作の主人公。見た目も
中身も超平凡な高校生。
ダンジョン配信をしているが、
いつも視聴者は0。
とはいえ探索者としては
才能があるらしい!?

桐谷《きりたに》奏《かなで》
超人気ダンジョン配信者。
いわゆるインフルエンサー。
超絶美少女で、性格まで
良い。神木とはクラスメイト。
風《かざ》間《ま》祐介《ゆうすけ》
神木の腐《くさ》れ縁《えん》幼《おさな》馴染《なじみ》。
ネットに詳しい。
小狡《こずる》いようで、意外といい奴?
LIVE
10k

第1話

「そして誰もいなくなった……」

暗いダンジョンで、俺——神木拓也《かみきたくや》はポツリとそう呟《つぶや》いた。

立ち止まって見ているのは、スマホの画面。

とある大人気動画サイトの配信画面が表示されており、スマホのカメラを通して前方のダンジョンの通路が映されている。

「やる気なくすなぁ……」

コメント欄の上に表示される0の数字。

この数字は、現在の俺の配信の同時接続数……

いわゆる同接《どうせつ》を表しており、この数字が0ということは、つまり現在俺のこの『ダンジョン配信』を見ている人間が1人もいないということになる。

「さっきの人、どこに行っちゃったんだろ……」

先ほどまでたった1人だけ、俺の配信を見てくれる視聴者がいたのだ。

しかも初見なのに結構気さくにコメントをしてくれたりしていた。

俺はこの貴重な視聴者を逃すまいと張りきり、片手でスマホを持ち、もう片方の手で剣を握ってモンスターを倒すという離《はな》れ業《わざ》をやってのけながらダンジョンを攻略していたのだが……

戦闘に夢中になりちょっと目を離した隙《すき》に、先ほどの人はいなくなってしまったのだ。

「何がいけなかったんだろう……」

たった1人のみが打ち込んだコメントが延々《えんえん》と並んでいるコメント欄を、俺は感慨《かんがい》深げに眺める。

結構いい感じだと思ったのに、あの人が配信を離れた理由がわからない。

単純に俺のコメントに対する返答がつまらなかったからだろうか。

……それならまだいい。

だが、画面のブレが酷《ひど》いのが原因で配信を抜けたのだとしたら俺にはどうしようもない。

なぜなら俺はアシスタントのいない、完全なソロのダンジョン配信者。

つまり、戦闘と配信を1人で同時にこなさなければならず、そうなるとどうしても画面がブレたりすることはあるのだ。

「アシスタントがいればなぁ……」

そう思うことはあるのだが、高校生の俺にはアシスタントを雇う金はない。

危険なダンジョンまでついてきて、絶えずモンスターと戦うダンジョン配信者の映像を横から撮り続けるアシスタントを1人雇うのに、相場が月50万円から100万円と言われている。

……そんな高額な給料を支払う余裕は、高校生の俺にはもちろんない。

だから、他の人気ダンジョン配信者たちがしているようにアシスタントを雇うことは俺にはできず、１人で頑張って配信と戦闘をこなす以外に方法がないのだ。

「向いてないのかなぁ……」

モンスターを倒し、罠《わな》を回避し、命懸《が》けでダンジョンを攻略する様子をリアルタイムで視聴者に届けるダンジョン配信者。

危険を顧《かえり》みず、日々ダンジョンに潜《もぐ》り、視聴者にドラマを届ける彼らに憧《あこが》れて俺がダンジョン配信者を始めたのは、今から約二年前のことだった。

ダンジョン配信者を始めてみて気づいたのは、どうやら俺には才能があるらしいということ。

だがその才能というのは、ダンジョン配信者としての才能ではなく、ダンジョン探索者としての才能だった。

モンスターとの戦闘に関して、俺はかなりの自信がある。

高校二年生にして、たった１人で危険な上級モンスターたちが跋扈《ばっこ》するダンジョン下層まで来られるのは、日本全国を探してみても、俺ぐらいなものじゃないだろうか。

成人した大人のベテラン探索者だって、下層に潜るときはパーティーを組むのが一般的。

そういう客観的事実を加味してみても、やはり俺の戦闘力は同年代の探索者の中で突出《とっしゅつ》していると思う。

だが、その代わりというか、天は二物《にぶつ》を与えずというか、俺にはダンジョン配信者としての才能が絶望的になかった。

自分では何が原因かはよくわからない。

だが二年間ダンジョン配信者を続けて、平均同接が1にも満たないことがその何よりの証左だと思う。

今日まで大抵の配信が、誰も見ていない同接0の配信画面に向かって虚《むな》しく喋《しゃべ》り続けるだけというものだった。

続けていればいつかは伸びるはず。

そう自分に言い聞かせて二年間配信活動をしてきたが、そろそろ精神が限界だ。

コメント0、視聴者0の画面に向かって独り言をぶつぶつ呟くのは耐え難《がた》い苦痛だ。

俺の心はほとんど折れかけていた。

「潮時《しおどき》か……」

俺には才能がなかった。

ダンジョン配信者になってバズり、数万あるいは数十万の同接を維持できるような大物配信者になって、卒業後はそれ一本で食っていく。

そんな夢物語はさっさと諦めて、普通の高校生らしく勉学や部活にでも打ち込んだほうがいいのかもしれない。

そんなことを考えていたときだった。

「お……！」

同接の数字が0から1になった。

ひょっとしてさっきまで見ていた人が帰ってきてくれたのだろうか。

それとも新たな視聴者だろうか。

俺がワクワクしながら、コメント欄の動きを待っていると――


〝よお、拓也。冷やかしに来たぜ〟


「ちっ……お前かよ」

書かれたコメントを見た瞬間、俺は舌打ちをする。

ネット上だというのに、当たり前のように俺の本名を投下しやがって。

こんなことするやつ、1人しかいない。

「祐介《ゆうすけ》。お前俺の本名ネットに書いてんじゃねぇよ」

風間《かざま》祐介。

同じ高校に通う俺の腐《くさ》れ縁《えん》幼馴染《おさななじみ》。

俺の配信が過疎《かそ》っているのをいいことに、普通に2人でいるときみたいなノリでよく俺の配信に現れてはコメントで話しかけてくるのだ。

〝別にいいだろ？　お前の配信なんて誰も見てないし〟

「ぐ……さ、さっきまで見てた人いたから……」

〝あー、この俺の前にコメント打った人か……どうせすぐいなくなったんだろ？〟

「さ、三十分ぐらいは見てくれたぞ……？」

〝固定視聴者になってくれそうか？〟

「……登録者増えてないから多分《たぶん》無理だと思う」

〝だろうな〟

「ぐ……」

もう一ヶ月は微動だにしていない一桁の登録者数を俺は恨《うら》めしげに睨《にら》む。

〝ほら、飯食うまで暇だから俺が見といてやるよ。モンスターと戦えよ。今いるの、下層か？〟

「うるせぇ帰れ」

上から目線がムカついたので、俺はそう言って配信をぶつ切りした。

第2話

「はぁ……なんで伸びないんだ俺……」

「本当な。なんで伸びないんだろうな、お前」

翌日の学校にて。

ホームルーム前の朝の教室。

いつもの時間に登校してきた俺は、自分の席で、昨日の配信の散々な結果に意気消沈し、肩を落としていた。

「二年間続けていまだに同接0……もう無理なのかな……」

「ここまで結果が出ないと逆にすげーよな。ははは」

そんな俺の前の席に座ってこちらに体を向けている腐れ縁幼馴染こと祐介は、果たして俺を励《はげ》ましたいのか、煽《あお》りたいのかわからないようなことを言ってヘラヘラ笑っている。

「伸びる要素はあると思うんだけどな、お前。実際、ソロで下層まで潜れる高校生探索者なんて聞いたことないしな。それだけ探索者としての実力があって、あそこまで配信が過疎るのは逆にすげーよ」

「……っ……お前なぁ……人が気にしていることをずけずけと……」

「きっと絶望的にダンジョン配信者としての才能がないんだろうな。もっと自分の探索者としての能力をアピールする方向で売り出していけばいいんじゃないか？」

「それなら十分やってるけどな。配信のタイトルだって『高校生探索者がダンジョン下層にソロで潜る配信』だし、プロフィールにもしっかりこれまでの探索実績とか記載してるからな」

「そうなのか……うーん……」

別に俺は実力を隠しているわけじゃない。

むしろネットでバズるために、自分の強みである、同年代の中で突出した探索者であることをしっかりアピールはしているのだ。

だが、それなのになぜか人が来ない。

高校生で下層に潜れる探索者なんて俺以外に聞いたことがないし、興味をそそられて見に来るやつがいてもおかしくないのに……

……やはり祐介が言うように、俺には絶望的にダンジョン配信者としての才能がないのだろうか。

「もしかしたら案外、お前の実力アピール、逆効果だったりしてな」

難しそうな表情をしていた祐介がふと思いついたようにそう言った。

「……？　逆効果？」

意味がわからず、俺は聞き返す。

「考えてもみろ。高校生でソロで下層に潜る探索者がいる。そんな話、まともな人間なら信じない」

「……そうか？」

「ああ、そうだね。俺なら信じない。もしかしたら、お前のプロフィールとか探索実績とか、全部嘘《うそ》だと思われてんじゃないか？」

「え……まじ？」

もしかして俺の配信、タイトル詐欺《さぎ》の釣り配信だと思われてる……？

そんなことってあるか……？

「案外、高校生らしく上層か、もしくは中層辺《あた》りのモンスターと戦って四苦八苦している様子を配信したほうが受けたりしてな」

「……そんな配信見てて楽しいかぁ……？」

「楽しいかどうかはともかくとして。少なくとも、1人の制服着た高校生が、ベテラン探索者でも苦戦するような下層のヤベェモンスターどもを、スマホ片手に配信しながら片手間でバッサバッサ薙《な》ぎ倒していく配信よりは、現実味があっていいと思うけどな」

「……う」

そう言われてみると、確かにそうかもしれない。

祐介の言うように、配信の方向性をガラリと変えてみると意外と効果的だったりするのだろうか。

「お？　来たみたいだぜ？」

「誰が？」

「見ろ」

にわかに教室がざわめき始めた。

祐介が教室の入り口の方向を顎《あご》でしゃくった。

これからの自分の配信の方向性について悩んでいた俺は、顔を上げてクラスメイトたちの視線が集まっている教室の入り口を見た。

「みんなおはよー！」

透き通るような声とともに、軽やかな足取りで1人の美少女が教室に姿を現した。

「おはよー、奏《かなで》ちゃん」

「奏ちゃんおはよー」

「おはよう桐谷《きりたに》さん」

「桐谷さん、おはよー」

入り口で彼女の登校を待っていた生徒たちが、口々に挨拶《あいさつ》をする。

「みんなおはよう！」

そんな生徒たちに……たった今登校してきた美少女…………この高校一の有名人にしてアイドル的存在である桐谷奏は笑顔で挨拶を返す。

「桐谷、か……はぁ……」

登校してきて早速《さっそく》クラスメイトたちに笑顔を振り撒《ま》いている桐谷を見て、俺はため息を吐《つ》いてしまう。

別段、芸能事務所にスカウトされるほどの桐谷の容姿に見入ってしまって……というわけではなく。

「羨《うらや》ましいよ……登録者200万人、平均同接5万人……俺が背伸びしたって逆立ちしたって届かない……大人気ダンジョン配信者様なんだもんなぁ……」

「全くだ」

そう。

桐谷奏は、ただ単にこの学校内における有名人だけにとどまらない。

彼女は、日本の配信界隈《かいわい》では名前を知らない人なんていないと言えるほどの、巨大な登録者と同接を抱えた超人気のダンジョン配信者なのだ。

「奏ちゃん！　昨日のダンジョン配信見たよ!!」

「めっちゃすごかった……!!　面白かった!!」

「同接も最高で7万人まで行ってたね!!　おめでとう!!」

「桐谷さん、昨日の配信すごく面白かったよ!!」

「俺、投《な》げ銭《せん》したんだけど気づいてもらえたかな？」

今も早速クラスメイトたちが昨日の配信を話題に上げている。

毎日配信者でもある桐谷は、昨日も、夕方から夜にかけてダンジョンを探索するダンジョン配信を行っていた。

俺も自らの配信を終えたあと家に帰ってアーカイブを確認したのだが、いつも通り同接もコメント数も凄《すさ》まじかった。

女性ダンジョン配信者としては、間違いなくトップクラスの数字を持っていると言えるだろう。

「現役高校生。美少女。巨乳。トーク力もあって性格も良し。おまけにソロでダンジョン中層まで潜れるほどの探索者としての実力も兼ね備えている。正直売れる要素しかないよな」

「……そうだな」

同じダンジョン配信者として、正直桐谷の人気っぷりには嫉妬《しっと》するが、しかし同時に彼女がここまで配信者として成功できたのも頷《うなず》ける。

テレビ女優顔負けの容姿とスタイルの良さ。

明るくてずっと聞いていたくなるような声に、配信中ふとした瞬間に垣間《かいま》見える性格の良さ。

そして何より、女性の少ないダンジョン探索者界隈において、現役高校生ながら、ベテランの男探索者にも引けを取らないほどの実力。

これだけのものを持っていて、逆に売れないほうが不思議というものだ。

数字に見合った配信者としてのポテンシャルが、桐谷奏には確かにあるのだ。

「みんな、配信見てくれてありがとー!!　投げ銭してくれた人は応援ありがとね!!」

にこやかな笑顔で、配信を応援してくれているクラスメイトたちにお礼を言っている桐谷をぼんやりと眺めていると、隣で祐介がポツリと言った。

「お前、いっそのことコラボ依頼でもしてみれば？」

「はぁ？」

思わずそんな声が漏《も》れた。

「そうでもしないと伸びないだろ？」

「冗談だろ？」

「いやいや……流石《さすが》にそれは無理があるだろ」

祐介の突拍子《とっぴょうし》もない提案を、俺はありえないと一蹴《いっしゅう》する。

同接０の俺と、平均同接５万以上の桐谷。

人気も知名度もあまりに違いすぎて、コラボなんておこがましいしできるはずもない。

もしクラスメイトという立場を利用して無理やりにでもコラボしようとすれば、俺は売名と叩かれ、たちまち学校でもネットでもリンチに遭《あ》うだろう。

そうなれば最後、俺の悪名《あくみょう》は配信界隈に轟《とどろ》くことになり、二度と配信活動ができなくなってしまうだろう。

桐谷にコラボ依頼なんてできるはずがない。

そもそも、取り合ってすらくれないだろうな。

「ま、そうか。そうだよな。お前にとって桐谷は雲の上すぎるか」

「ああ、そうだよ。俺だけじゃなくて、お前にとっても、だけどな」

「ははは。違いねぇや」

そんな軽口を叩き合った俺たちは、顔を見合わせて自虐《じぎゃく》的な笑みを浮かべたのだった。

第3話

（やべぇ、緊張する……）

そう思っていても決して口には出せない。

放課後。

今日も今日とてスマホ片手にダンジョン探索配信に乗り出した俺は、現在、過去一と言っていいかもしれない緊張を味わっていた。

（同接5人……同接5人……！　5人もの人間が俺の配信を見ている……）

真っ暗なダンジョンの通路を進みながら、俺は左手に持ったスマホの配信画面をチラチラと確認する。

コメント欄の上の5という数字。

これは現在の俺の配信の同接数であり、つまるところ、5人の視聴者が俺の配信を見てくれているということである。

こんなありがたい状況、過疎配信の俺の枠ではなかなかありえない。

（なんとかこの5人を固定視聴者にしたい……）

こんなに大勢に（俺にとっては）、ダンジョン配信を見てもらえる機会なんて滅多《めった》にない。

なんとかしてこのチャンスをモノにしたい。

いいところを見せれば、チャンネル登録をしてもらえるかもしれないし、この先何度も配信に来てくれる常連になってくれるかもしれない。

（これ……ちゃんと生きたアカウントだよな……？　ｂｏｔ《ボット》とか、祐介がイタズラで作った複垢《ふくアカ》ってオチじゃないよな……？）

思わずそんなことを考えてしまう。

現在俺の配信を見ているはずの5人は、いまだに誰もコメントを打とうとしない。

だがモンスターを倒したりと、配信に動きがあれば、必ず何かコメントをしてくれるはずだ。

（よし……かっこいいとこ見せるぞ……）

俺は張りきり、ダンジョン探索を進める。

「これから下層に潜りますね。高校生ですけどソロでなんとか頑張ります」

しっかりと自分の実力アピールも忘れない。

これで、俺が高校生ながらもたった1人で下層に潜れる実力であることが、この5人にも伝わったはずだ。

（モンスター来い……早くモンスター来い……）

この5人がいるうちにモンスターと戦っているところを配信で映したい。

そう思い、俺は下層の通路を進みながらなるべく強いモンスターが出現してくれることを願う。

『オガァアア……』

（お、これは……！）

そんな俺の願いの甲斐《かい》あってか、前方からモンスターが姿を現した。

下層に入って初めて出現するモンスター、オーガだ。

（オーガきた……！）

ベテラン探索者でも数人体制で挑むくらいに強力なモンスター。

そんなオーガを、高校生である俺がたった1人で倒したら、それは客観的に見てもかなりすごいことだ。

（よし、やるぞ……）

『オガァアア……』

のっそりと近づいてくるオーガと対峙《たいじ》し、俺は気合いを入れる。

ここで5人の視聴者の前で華麗《かれい》にオーガを倒す。

そうすれば、5人のうちの誰かがこの偉業をクリップでもして拡散して、それがバズり、多くの視聴者が俺のチャンネルに押しかけて……

（見えた……！　俺がバズるルートが……！）

「オーガが現れました……！　戦います！　1人で……！」

『オガァアアアア！！！』

オーガが突進してくる。

俺は頭で数十倍に膨れ上がった同接とチャンネル登録者を妄想《もうそう》しながら、嬉々《きき》として戦闘に身を投じていった。

＃＃＃

五分後。

「やりました!!　たった1人で!!　高校生なのに……！　オーガを倒しました……！」

そこには倒れ伏し、息絶えたオーガと、それを撮って必死に自分の戦果を視聴者にアピールする俺の姿があった。

オーガとの戦闘はさほど苦労しなかった。

実力の差は歴然《れきぜん》で、やろうと思えばもっと早く勝てた。

だが俺はわざと五分という時間をかけた。

あまり早く倒してしまっても現実味がなくて面白くない。

そんな今朝《けさ》の祐介の言葉を参考にしてのことだった。

だからわざと中程度の力で、オーガとギリギリの戦いを演じてみせた。

きっと視聴者側からは、一進一退《いっしんいったい》のハラハラする戦いに見えたんじゃないだろうか。

「皆さんの応援のおかげです！　ありがとうございます！」

俺はそう言って反応を待つ。

視聴者はいまだに１人も減っておらず、５人。

しっかりとオーガをソロで高校生が倒す様《さま》を、５人の視聴者にお届けできたということだ。

これが生きたアカウントで、生身の視聴者が画面の向こうにいるなら、必ず反応があるはず。

そう思って俺が待っていると……

〝**嘘乙《おつ》〜笑**〟

「は……？」

突然そんなコメントが流れ、俺は思わず「は？」と言ってしまった。

慌てて謝ろうとするが、その前に次のコメントが流れる。

〝**高校生が１人で下層最強格のオーガを倒せるわけないだろ**〟

「え、いや……」

1人の視聴者が、コメント欄で俺が高校生ではないと主張し始めた。

〝年齢詐欺やめな？　その制服、コスプレか何かだろ。自分の学生時代の着てるとか。やめとけって。視聴者集めたいのはわかるけど〟

「ち、違います……！　俺は本当に高校生なんです！　現役の……！」

どうやらこの人は、俺が人を集めたいばっかりに、高校生に年齢を詐称するインチキ配信者だと思っているらしい。

俺は、この人はともかく他の4人に勘違いされては困ると、必死に現役の高校生であることをアピールする。

「年齢詐称じゃないです。タイトル詐欺でもないです。信じてください」

〝嘘やめろって。高校生が1人で下層に潜るなんて話、聞いたことねぇよ。絶対成人してるベテランだろ。本当に高校生なら高校生であることを証明してみせろよ〟

「い、いいですよ……!?　どうやって証明しますか!?」

〝生徒証でも見せろよ。生年月日書いてあんだろ？〟

「せ、生徒証……」

売り言葉に買い言葉。

俺は年齢詐称を断定されたことにムカついて高校生であることを証明してみせると豪語《ごうご》してしまったが、しかし生徒証を見せろと言われ我に返る。

生徒証をネットで晒《さら》すということは、個人情報を全世界に向けて発信することと同義だ。

生徒証を晒せば、確かに俺が現役高校生であることは証明できるかもしれないが、しかし年齢や通っている高校、顔、名前が全てバレてしまう。

もしその情報が拡散されるなんてことがあれば、たちまち特定班によってSNSをたどられたりして、そこから住所が割れたりして、家族にまで迷惑がかかったり……

「いや、やっぱり……せ、生徒証はちょっと……」

〝ダウト。やっぱり年齢詐称だったな。お疲れ。じゃあな～〟

「あっ……」

俺が覚悟を決めて生徒証を晒すべきかどうか逡巡《しゅんじゅん》していると、その間に１人抜け、２人抜け、気づいたら5人いた視聴者は全員いなくなって0になっていた。
「そんなぁ……」
俺の絶望の声がダンジョンの闇《やみ》に溶けて消えていく。
せっかくのチャンスだったのに。
5人が同時に見てくれることなんて、かつてなかったことなのに。
……俺は配信者を始めて以来のチャンスをモノにすることができなかった。
「は、はは……」
乾いた笑いが漏れた。
もうだめだ。
今ので心が折れた。
俺はダンジョン配信者に向いていない。
才能がなかったんだ。
諦めよう。
今日でダンジョン配信者は引退だ。

＃　＃　＃

「馬鹿馬鹿しい……」

俺は配信を終了し、ダンジョンをトボトボと歩いて引き返す。

『オガァアアア……!』

「邪魔だ退《ど》け」

道中現れたモンスターに怒りをぶつけるように屠《ほふ》っていきながら、俺はスマホを操作してSNSを確認する。

「ん? 桐谷さんが配信中か……」

SNSを確認していると、どうやら桐谷奏が配信をしているようだった。

「見てみるか……」

桐谷の明るい声を聞いて暗い気分を切り替えよう。

そう思って俺は、その辺にあった桐谷の配信のURLを踏んで桐谷の配信を覗《のぞ》きに行く。

「同接5万人……相変わらずすごいな……」

桐谷は現在、同時接続5万人の視聴者を集めていた。

どうやら今ちょうどモンスターを倒し終えたところらしく、水分休憩をしながら投げ銭へのお礼を言ったり、戦いの感想を述べたりしている。

「すげぇなぁ……俺の一万倍か……」

さっきまでの俺が集めていた5人の視聴者のざっと一万倍。

すごすぎてどれぐらいの規模なのか想像もつかない。

『休憩は終わり……！　それじゃあ、探索再開しまーす!!』

休憩を終えた桐谷がそう言って、ダンジョン探索を再開する。

緊張した面持《おもも》ちで剣を握り、ダンジョンを進んでいく様子を、横からアシスタントがウェブカメラで映している。

「ん？　桐谷、よく見たら俺と同じダンジョンじゃないか」

配信の概要欄を確認すれば、桐谷が今日、東京に数あるダンジョンの中でたまたま俺と同じダンジョンに潜っていることがわかった。

『今は中層の最後の階層です……！　今日はなんとかこの階層の最果てまで到達したいです！』

「中層の最後の階層……って、この上じゃねーか」

どうやら桐谷はソロで中層の最後の階層……つまり下層の境目まで到達しているようだった。

俺はふと上を見上げる。

「この上に桐谷がいる……」

一瞬、偶然を装《よそお》って配信に映り込んだりしてみようかという思いつきが頭をよぎった。そうすれば、桐谷の配信から俺のもとへ視聴者が流れてくるんじゃないだろうか。

「いやいや、だめだろ……売名は……」

そんなことをすれば、間違いなく配信を邪魔された桐谷の視聴者の怒りを買う。

桐谷の視聴者は主に男性で、しかも熱狂的なファンが多く、配信に男が映り込むことを極端に嫌う。

もし俺が偶然を装って桐谷の配信に映り込めば、たちまち売名だと叩かれ、特定班が動いて、俺が桐谷と同じ学校の同じクラスに通っていることまでが突き止められ、俺はネットでも現実でもリンチに遭うに違いない。

そんなことになれば、俺の学校生活………というか人生が終わる。

「桐谷が帰るまで待っているか……」

タイミング的に、今俺が地上に帰還するために下層から中層へと上がれば、桐谷と鉢合《はちあ》わせしてしまいそうだ。

そうならないようにもう少しここで待機しておいたほうが賢明だろう。

そう考え、俺は足を止めて桐谷の配信を見る。

『オガァアアアア！！！』

『きゃぁああっ⁉』

「え……？」

配信からモンスターの咆哮《ほうこう》と桐谷の悲鳴が聞こえてきた。

『嘘⁉　なんでオーガがこんなところにいるの⁉』

桐谷の焦《あせ》りの滲《にじ》んだ声が聞こえてくる。

カメラの視点が動いて、桐谷の前方が映し出された。

「マジかよ……」

画面に映ったのは俺が先ほど戦ったモンスター、オーガ。

本来中層に現れるはずのないモンスターである。

「イレギュラー……」

ポツリとそう呟いた。

イレギュラー。

それはダンジョンの中で稀《まれ》に起こる予測不可能な事態のこと。

床や天井の崩落《ほうらく》。

モンスターの大量発生。

下層のモンスターが、中層や上層で現れることもイレギュラーに該当する。

「まずい……桐谷、大丈夫か……？」

イレギュラーに遭遇した探索者の死亡率はぐっと上がる。

桐谷だってまさか中層で下層のオーガに遭遇するなんて思ってもみなかったはずだ。

「どうするか……」

俺が行動を迷っている間にも、コメント欄が滝のように流れる。

〝奏ちゃん、早く逃げて……！〟
〝早く逃げて奏ちゃん！〟
〝逃げたほうがいいよ!!〟
〝多分イレギュラーだ!!　危険だから今すぐ逃げて……！〟

皆、視聴者たちは事態のヤバさに気づき、桐谷に逃げるよう促《うなが》している。
だが、そんな視聴者の警告も間に合わなかったのだろうか。

『オガァアアア……！』
『きゃっ!?』
聞こえてくるオーガの咆哮。
衝突音。
そして桐谷の悲鳴。
『い、痛たた……うぅ……』
『オガァアア……』

〝だ、大丈夫奏ちゃん!?〟
〝まずいまずいまずい!?〟

〝誰か近くにいる探索者助けに行ってやってくれぇぇぇ!!〟

視聴者の悲鳴のようなコメントが画面に溢《あふ》れ返る。

「迷ってる場合じゃないな」

俺は瞬時にそう判断し、地を蹴《け》って全速力で中層へと向かった。

第4話

俺はダンジョンの下層から中層へと一気に駆け上がる。

『オガァアアア……!』

「きゃああっ……だ、誰か……」

中層に足を踏み入れたところで、前方からモンスターの咆哮と桐谷のものと思われる悲鳴が聞こえてきた。

地を蹴り全速力で桐谷のもとへと向かう。

やがて俺は桐谷がオーガに襲われている現場にたどり着いた。

『オガァアアア……』

「あ……いや……来ないで……」

駆けつけたときにすでに手遅れならどうしようかと思ったが、どうやら間に合ったようだ。

壁に追いつめられた桐谷に、オーガがゆっくりと距離を詰めていた。

桐谷は、逃げ回った結果か全身に擦《す》り傷があり汚れていたが、しかし致命傷は受けていないようだった。

周囲に桐谷のアシスタントの姿は見当たらない。

地面にウェブカメラだけが投げ出されていた。

「桐谷!!　大丈夫か!?」

「えっ!?」

俺の声に桐谷がこっちを向いた。

「か、神木くん!?　どうしてここに!?」

桐谷が俺を見て驚いたようにそう言った。

あ、俺みたいなモブの名前、知ってくれてるんだ。

……一瞬そう喜んでしまったが、今はそんなときではないと俺は頭を振った。

「たまたま近くで探索中だったんだ……！」

「か、神木くん、探索者だったの!?」

「ああそうだ……！　待ってろ！　今助けるから……!!」

「だ、だめだよ……⁉　相手はオーガだよ⁉　これはイレギュラーなの‼　危険だから、神木くんは逃げて……‼」

「いやいや、桐谷1人じゃやばいだろ⁉　何言ってんだ⁉」

「2人犠牲になるより神木くんだけでも逃げたほうがいいよ……！　私のことはいいから……！」

「いやマジかよ……」

性格良すぎだろ、桐谷。

普通ここで自分の命よりも他人の命を優先するか……？

そりゃ人気も出るわ。

『オガァアアアアア！！！』

「きゃああっ⁉」

そうこうしているうちにオーガがその巨腕を振り上げ、壁に追いつめられて逃げ場のない桐谷に向かって振り下ろす。

「桐谷……！」

俺は咄嗟《とっさ》に地面を蹴ってオーガと桐谷の間に入り、オーガの攻撃を受け止めた。

「へ……？　神木くん……？」

背後から桐谷の戸惑うような声が聞こえてくる。

「大丈夫だ桐谷」

俺は前方のオーガを見据《みす》えながら言った。

「こいつは俺が倒すから」

あくまで桐谷を安心させるために言ったのだが、このセリフはあとから思い返してみてちょっと格好つけすぎだったと自分でも思う。

＃＃＃

「す、すごい……」

二分後。

そこには地に倒れ伏し、息絶えたオーガと、それを見下ろす俺、そして呆然とする桐谷の姿があった。

「なんとか間に合ったな……」

間一髪だった。

ここへ来るのがあと少しでも遅れていたら、桐谷がやられてしまっていたかもしれない。

俺は額《ひたい》の汗を拭《ぬぐ》い、背後を振り返った。

「大丈夫か、桐谷」

「あ、ありがとう……」

桐谷が俺の手を取って立ち上がる。

「か、神木くん……すごい……オーガを1人で倒しちゃうなんて……」

信じられないといった様子で、桐谷が倒れ伏したオーガと俺を交互に見た。

俺は照れくさくなって頭を掻《か》きながら言った。

「まぁ、たまたまだよ」

「……っ」

全然そんなことないのは桐谷もわかっていただろうが、しかしそれ以上突っ込んではこなかった。

「そ、そうなんだ……と、とにかく、ほ、本当にありがとう……神木くんがいなかったら私、死んじゃってたかもしれない……」

「イレギュラーだ。仕方がない」

「うん……オーガなんて戦ったこともなくて……ま、まさか中層で出会うことになるなんて……」

「どこでいつ遭遇するかわからないのが、イレギュラーだからな……たまたま近くにいて、助けられて良かった」

「あはは……な、なんか安心して力抜けちゃったな……」

「大丈夫か？　桐谷。怪我《けが》は？」

「おかげさまで大きな怪我はないよ。それにしても……びっくりだな。神木くん、探索者だったんだね」

「まぁ、一応な」

なんならお前と同じで、ダンジョン配信者だけどな。

規模が違いすぎて恥ずかしいから言わないけど。

「本当にありがとうございます。まさかクラスメイトに命の危機を救ってもらうなんて思わなかったな」

「お、おう」

桐谷にまっすぐに見つめられ、俺はちょっと照れくさくなる。

誤魔化《ごまか》すように頭を掻きながら周囲を見渡して、ふと地面に投げ出されたウェブカメラが目についた。

「あれ？　そういや桐谷。お前のアシスタントは？」

「あ……それは……」

桐谷が気まずそうに言った。

「私を置いて……逃げちゃった……」

「……マジか」

「しょ、しょうがないよ……！　誰だって、自分の命は大切だし……」

「……」

桐谷はそう言ってアシスタントを庇《かば》ったが。

しかし表情は悲しげだった。

いざというときに身内に裏切られたショックが大きかったのだろう。

「ま、まぁ……とにかく桐谷が無事で良かった。早く地上に帰って傷の手当てをしたほうがいいだろ」

「うん、そうだね」

大きい怪我はないものの、桐谷の体のあちこちに擦り傷ができており、そこから血が出ていた。傷跡を残さないためにも、少しでも早く地上に帰還して治療したほうがいいだろう。

「良かったら送っていくか？」

「お願いしてもいい？」

オーガに襲われたときの恐怖がまだ完全に消えないのか、桐谷の体はわずかに震《ふる》えていた。俺はそんな桐谷を気遣って、地上まで送っていくことにした。

「ほら、桐谷。カメラ、忘れてるぞ」

「あ、そうだ。ありがとう」

俺は、逃げたアシスタントが投げ出したのであろう地面に落ちていたウェブカメラを拾って、桐谷に渡した。

あとから知ることになったのだが、アシスタントが投げ出したウェブカメラは、地面に落ちたあとも奇跡的にオーガに襲われる桐谷を映し続け、その後にやってきた俺とオーガとの戦闘や、桐谷を助け出す様もばっちりと収めて、一部始終がネット配信され続けていたらしい……

そのときの俺はそれどころではなくて、全く気がつかなかった。

「大丈夫か？　桐谷。肩貸そうか？」

「え、えっと……お願いできる？　あはは……足がなんかふらついちゃって……」

「俺ので良ければいくらでも。ほら」

「ありがとう。優しいね、神木くん」

「いや、別にそんなことないと思うけどな……」

そんな会話をしながら、桐谷とともに地上へと戻った俺は、翌日知ることになる。

自分が桐谷を助け出すまでの一部始終を映した配信の同時接続数が…………50万人を超えていたことを。

第5話

「昨日はすごいことがあったな……」

翌朝。

俺はいつもの時間に通学路を歩きながらそんな呟きを漏らした。

思い出されるのは昨日の放課後、ダンジョンでの出来事。

「まさか桐谷を助けることになるとは」

たまたま同じダンジョンに潜っていた桐谷が、イレギュラーに見舞われた。

そのことをたまたま配信を見ていて知った俺は、なんとかオーガから桐谷を救うことができた。

「まー、別に助けたからどうってことでもないけどな」

あのあと、俺は桐谷を地上まで送り届け、そのまま別れた。

助けたのを恩に着せてお近づきになろうとしたり、連絡先を聞いたりはもちろんしていない。そんなことをすれば、桐谷のファンの恨みを買うのはわかっているからな。

「って、さっきから通知がうるさいな……」

先ほどからスマホがポケットで振動しまくってて鬱陶《うっとう》しい。

迷惑メールでも送られてきているのだろうか。

俺はよく確認もせずにスマホの通知を切った。

「……？　なんか見られてる……？」

通知を切ったスマホをポケットにしまった俺は、なんだか自分に視線が集まっているのを感じた。

ちょうど登校途中の同じ高校の生徒たちが、何やら俺をチラチラと見ている気がする。

「俺、何か変か……？」

何か、自分の格好に変なところがあるのだろうか。

寝癖でも立ってるとか？

そう思い、自分の格好や髪型を確認するが、しかしいつも通りのように思う。

「まぁいいか」

俺は、やたら自分に集まっている気がする視線を気のせいだと思うことにして、教室へ向かう足を早めた。


「お!! 来たな、拓也!! 待ってたぞ……！」

「祐介。朝から騒いでどうした？」

生徒たちにチラチラ見られるのは、校舎の中に入っても変わらなかった。

一体なんなんだろうか。

俺が疑問に思いながら教室へ入ると、その途端《とたん》、腐れ縁の幼馴染、祐介が俺のもとに駆け寄ってきた。

「どうしたもこうしたもあるか!! お前すげぇな!! 一躍有名人じゃねーか!!」

「は……？ なんのことだよ」

「惚《とぼ》けるなよ……！ 桐谷を助けたナイト様だろうが……!!」

「はぁ!? どうしてお前がそれを知っている!?」

俺は祐介にも、誰にも昨日の出来事を話していない。

なぜ知っているのだろうか。

「え……？　お前もしかして…………自分が今どうなってるのか知らねーの？」

「俺？　俺がどうなってんだよ？」

「お前、今朝スマホ確認したか？」

「してないが？」

「自分のチャンネルは？　ＳＮＳは？　ひょっとして昨日の夜から一度もネットに触れてないのか？」

「まぁそうだな。昨日は色々あって、家帰ってシャワー浴びてすぐに寝たし、そのおかげで目覚ましをかけ忘れて、今朝は結構時間なくて、ＳＮＳなんて確認してる暇なかったし…………それがどうかしたのか？」

「見てみろよ、自分の目で」

「……？」

「いいから。スマホ、開いてみ？」

「一体なんだよ」

俺は言われるがままに自分のスマホを確認する。

「は……？」

画面が、通知で埋め尽くされていた。

「約１０５６人があなたのことを新たにフォローしました…………って、はぁ!?」

思わず目を疑った。

スマホを埋め尽くしていたのは、俺が自分のダンジョン配信の宣伝目的で利用しているＳＮＳのフォロー通知だった。


新たに１０５６人があなたをフォローしました。

新たに９８７人があなたをフォローしました。

新たに１５９０人があなたの投稿にいいねしました。


そんな通知内容がずらりと並んでいる。

「なんだこれバグか……？」

「バグじゃねぇよ」

俺が思わず顔を上げると、祐介が真剣な顔で首を横に振った。

俺は恐る恐る自分のホーム画面を開く。

「げっ!?」

フォロワー、15万４０００人。

そんなありえない数字が目に入ってきた。

「はぁあああああああ⁉」

思わず大声をあげてしまう。

「なんだこれ⁉」

フォロワー15万４０００人⁉

なんだこれは。

昨日までフォロワー30人だった俺のアカウントが…………いつの間にか、10万以上のフォロワーを抱えるメガアカウントに成長していたんだが……⁉

何これ、バグ……？

「現在進行形で増えてるし……」

そう言っている間にも、俺の目の前でフォロワーはどんどん増え続けている。

「何が起きてるんだ？」

俺は祐介を見た。

祐介がまっすぐに俺の目を見て言った。

「昨日のお前の活躍がバズったんだよ」

「昨日の……俺の活躍……？」

「桐谷をイレギュラーから救ったろ？」

「あ、あぁ……」

「それがバズったんだよ」

「え、マジ……？」

「マジだ」

祐介がこくりと頷いた。

「まさか、桐谷が拡散したの……？」

「それもある。お前に対するお礼を、桐谷がＳＮＳで呟いていた………だが、それよりも実際の映像を見て、お前にたどり着いた人のほうが多いだろうな」

「実際の、映像……？」

「お前が昨日、桐谷を助けるところ、一部始終がネットで配信されてたんだぞ？」

「はぁ!?　嘘つけ！」

俺は思わず祐介の肩をガシッと掴んで揺らしてしまう。

「昨日、桐谷のアシスタントは桐谷を見捨てて逃げたんだぞ!?　誰が配信したって言うんだよ!?」

「ゆ、揺らすな!!　た、確かにアシスタントは逃げたが……！　ウェブカメラは地面に落ちたまま、お前や桐谷、オーガを画角に映してずっと配信し続けてたんだよ……！！！」

「え……まじ……？」

「マジだよ。動画も上がってる。自分の目で確認したらどうだ？」

「……っ」

俺は急いで動画投稿サイトで検索をかける。
桐谷、イレギュラー、動画。
そう調べたら、数十万単位で再生されている動画がいくつも引っかかった。
その中の一つを俺は再生する。
「あ……」
動画の中にはバッチリと映っていた。
桐谷を背に庇い、オーガと対峙する俺の姿が。

〝大丈夫だ桐谷。こいつは俺が倒すから〟

「ぐほっ」
冷静になった今聞くと恥ずかしくて死にたくなるような昨日の自分のセリフが、スマホのスピーカーから聞こえてきた。

第６話

「そういうことだ、拓也。自分の置かれた状況がわかったか？」

「あ、あぁ……」

俺は力なく頷いた。

まさか昨日の夜から朝にかけて、俺がネットに触れていない間にこんなことが起こっていたなんてな。

「お前の名前、トレンドにも載ってたぞ。動画は拡散されまくってたし、チャンネル登録者も爆伸びだろう」

「そう、なのか……？」

俺はダンジョン配信を行っている動画サイトの自分のアカウントに飛んだ。

「うわぁ……」

思わず声が漏れた。

チャンネル登録者20万人。

そんな数字が目に飛び込んできた。

……どうやら俺は一夜にして大手とは行かないまでも、中堅どころの配信者ぐらいのチャンネル登録者を手に入れてしまったらしい。

最新の動画は100万回以上再生されており、5000件を超えるコメントが寄せられていた。

「おぅ……」

これがいわゆるバズったというやつなのだろう。

なんだろう。

ずっと自分の望んできたことなのに、いざ現実になってみると反応に困る。

まさかこんな形で『バズる』ってやつを経験することになるとは。

「良かったじゃないか、拓也。ようやく世間がお前を認知したぞ」

「お、おう……？」

これは喜んでいいのだろうか。

なんか、俺の実力というよりも棚ぼた感が否《いな》めないのだが。

「まぁ、あんまり実感が湧かないだろうが、運も実力のうちだ。喜んどけよ」

「そ、そうかな……？」

「ああ。十年以上配信を続けて、そういった運に恵まれずに辞めていくやつなんてゴロゴロしてるだろ？　そういう意味じゃ、お前は持ってた側の人間なんだよ」

「ま、まぁ……そうかもな……」

「今お前に群がってきてるミーハーな連中。こいつらをお前の固定視聴者にできるかどうかはひとえにお前の実力次第だぜ？」

「ミ、ミーハーって、お前なぁ……」

人のフォロワーになんてこと言うんだ。

まぁ、確かにこの人たちはいっときの流行《はや》りに乗っかって俺のアカウントをフォローしたのには違いないのだが。

ここから俺が下手《へた》を打ったり、あまりに配信者としてつまらなければ、この人たちは時間とともに俺から離れていってしまうだろう。

祐介の言うように、ここからの俺の行動が大事なのかもしれない。

「お、そんなこと言ってたら……ほら、お出ましだぜ？」

「え？」

祐介が顎をしゃくった。

俺は顔を上げてそっちを見る。

「お、おはよ……神木くん……」

「き、桐谷……」

そこには、どこか緊張した面持《おもも》ちの桐谷がいた。

俺は慌てて背筋を伸ばす。

「昨日はありがとう……その、助けてくれて」

桐谷がもじもじとしながら言う。

桐谷の背後に控《ひか》えたクラスメイトたちが、じーっと俺たちのやりとりを注視している。

俺はかつてない注目を浴びて緊張しながら、桐谷に返答した。

「お、おう……間に合って良かったよ……ははは……」

「うん……あのあと、わざわざ地上まで送ってくれて…………本当に助かりました」

「き、気にするなよ。俺もちょうど帰ろうと思ってたし……」

「そっか……」

「そ、そうだ……」

「……」

「……」

２人の間に無言の気まずい時間が流れる。

クラスメイトたちの刺すような視線が俺と桐谷に交互に突き刺さる。

まるで俺たちの関係を見極めようとしているかのような……

「おぉ……これは……」

そして祐介はというと、お互い無言になって気まずくなっている俺と桐谷を見て、何やら楽しそうにニヤニヤしている。

……人の不幸を楽しみやがって。

一応友人なら助け舟の一つぐらい出してくれてもいいだろうに。

「か、神木くん配信者だったんだね……」

「え……あ、お、おう……実は、な……」

沈黙の時間が続き、そろそろ耐えられなくなってきた俺が何か言おうと口を開きかけたとき、桐谷に先を越される。

「な、なんかごめんね……？　私のせいで、大事《おおごと》になっちゃったみたいで……」

「い、いや……謝らないでくれ……！　むしろありがたいっていうか……こうなるまで俺、本当に同接の少ない過疎配信者だったから……むしろお礼を言いたいというか……」

「本当？　迷惑じゃない？　私の視聴者もかなり神木くんのところにお邪魔してるみたいなんだけど……」

というか、ほとんど桐谷の視聴者だろうな、実際。

「いや、ありがたいよ。本当に………ずっとこうなりたくて配信者続けてきたから………」

「そっか、それなら良かった……！」

桐谷がほっと胸を撫《な》で下ろし、つきものが取れたようににっこりと笑った。

「ひょっとしたら迷惑だったかなって思って心配だったんだ。でも、神木くんのチャンネルの成長に役立てたなら良かったな」

「お、おう……」

「改めまして、神木くん。昨日は助けてくれてありがとう。大袈裟《おおげさ》でもなんでもなく、あなたは命の恩人です」

「……っ」

桐谷が俺をまっすぐに見ながらそう言った。

「ありがとよ、神木！」

「奏ちゃんを助けてくれてありがとう、神木くん！」

「かっこ良かったぞ、神木！」

「昨日のはマジで危なかったからな……本当にありがとな、神木！」

「桐谷さんを助けてくれてありがとうな！　昨日はどうなることかと思ったぞ」

「ちょっとかっこつけすぎだった気もするけどな。なんだっけ？『大丈夫だ桐谷。こいつは俺が倒すから』だったたか？」

「……っ」

ぱちぱちぱちと拍手が起こった。

大手配信者であり、学校のアイドルでもある桐谷を助けたことへの感謝を、同級生たちが拍手という形で表す。

……何名か、俺を茶化すようなことを言うやつもいたが。

とにかく、同級生たちからの感謝の拍手は俺の行動が評価されたようで、純粋に嬉しかった。

「それでさ、神木くん。良かったらなんだけど……」

拍手や俺を称《たた》える声が一通り収まった頃。

桐谷が、少し迷うようなそぶりを見せながら切りだした。

「あの……迷惑だったら断ってくれて大丈夫なんだけど……」

「……？」

俺が首を傾《かし》げる中、桐谷が意を決したように言ってきた。

「今度私と……コラボしてくれないかな？」

第7話

その瞬間、クラスの温度が一気に下がったような気がした。

「え、コラボ……？」

先ほどの俺への親しみを込めるような視線から一転。

同級生たち……特に男子たちから刺すような視線の集中砲火を俺は浴びる。

「コ、コラボって……コラボ配信のこと……？」

俺は震《ふる》え声で尋ねる。

何やら照れくさそうにもじもじしている桐谷が俯《うつむ》きがちに頷いた。

「そ、そう。コラボ配信。だめかな……？」

「な、なんで俺と……？」

コラボ配信ってのは、お互いに利益があるときにするものだと聞いたことがある。

お互いの視聴者を自分のところにも取り込みたいから、配信者同士でコラボして交互に互いのチャンネルで配信をしたりするのだ。

だからコラボ配信ってのは大体、同程度の実力の配信者同士でしかやらないそうだ。

もしコラボした2人の配信者に実力の差がありすぎると、一方のみが利益を享受《きょうじゅ》するということになりかねないからだ。

……あれ？

なんで俺今、あの桐谷奏にコラボに誘われてんの？

俺、ちょっと前まで同接平均0人台だった超弱小過疎配信者だよ……？

「え、えっとそれは……」

「……？」

桐谷がもじもじしながら言った。

「私のチャンネルで……改めて神木くんにお礼を言いたいし……あと、ほら、神木くんってすっごく強いじゃない？　だから、探索者としての技術を色々習いたいなって思ったんだけど…………どうかな？」

「……あー、えっと……」

なるほど、桐谷の視聴者に向けてか。

確かに桐谷の視聴者の中には、桐谷の命を救った俺に感謝したい人とかもいるかもしれない。

桐谷としても、命の恩人にちゃんと礼を尽くしているというところを視聴者の前で見せておきたい、ということもあるのだろう。

だが、まず俺と桐谷では配信者としての格があまりに違いすぎる。

俺は今でこそフォロワーが10万人を超える配信者になってしまったが、少し前までは誰にも見向きもされない弱小配信者だった。

フォロワーが増えたのだってひとえに桐谷人気のおかげだし、そんな俺とコラボしても桐谷にはメリットは実質ないと言っていいだろう。

桐谷とコラボして俺だけ利益を享受するのは申し訳ないし、売名と思われても仕方なさそうだ。

……何より。

「……っ」

いや怖い。

怖いよ。

おそらく桐谷の視聴者なのであろう、クラスの男子たちからの視線が怖すぎる。

『神木。わかってるな？　断れよ』

『絶対に断れよ？　断らなかったら…………どうなるかわかってるよな？』

そんな言外《げんがい》の圧力をひしひしと感じてしまう。

「桐谷……俺は……」

何より桐谷には、ユニコーンと呼ばれるガチで桐谷のことを好きな視聴者がたくさんいると聞く。

そんな彼らにとって、男である俺が桐谷の配信にずけずけ乗り込んでくるというのは、決して望んだ展開じゃないだろう。

それがたとえ桐谷の命の恩人だったとしても。

「悪いんだが……」

いや、むしろ命の恩人だからこそ、ここでは俺は桐谷とは距離を取るべきだろう。

もしこのタイミングで俺と桐谷がコラボ配信なんてすれば、ユニコーンたちからすれば、俺がこの機会を利用して桐谷に近づこうとしていると思うかもしれない。

クリスマスに推しの配信がなかっただけで、彼氏持ちだと認定するほどに想像豊かなユニコーンたちのことだ。

同じ高校に通うクラスメイトであり、助けた助けられたの関係の俺と桐谷が急に距離を詰めだしたら、良からぬ方向に想像を逞《たくま》しくすること、うけあいである。

だとしたら、ここで俺が取るべき賢明な選択肢は……

「その誘い、断らせてもらってもいいか？」

俺は心苦しくも、桐谷からのコラボ配信の誘いを断った。

「ほら、俺と桐谷って配信者としての地位が全然違うだろ……？　だから俺なんかが桐谷とコラボさせてもらうのはおこがましいことだと思うんだ」

「え、全然そんなことないよ？　私は気にしないよ？」

「そう言ってくれるのはありがたいんだが、でもやっぱり申し訳ないと思うんだ。俺はすでに桐谷のおかげでこんなにフォロワーを獲得できた。それだけですげー感謝してるし、十分なんだ」

「そ、そっか……」

桐谷がしゅんとなった。

その背後では、俺を睨みつけていた男子生徒たちがほっと胸を撫で下ろしている。

「誘ってもらったのに悪いな……もし将来的に俺が桐谷ぐらいの視聴者を集められるようになったら……そのときはコラボ頼めるか？」

「う、うん……わかった……」

まぁそんな日は来ないだろうがな。

桐谷が肩を落として自分の席へ戻っていく。

……悪いことしたな。

そう思いながらも、しかしお互いのためにもこれが最善の選択だったと俺は自分に言い聞かせたのだった。

第8話

「よし……やるぞ……」

パソコンの前に座って深呼吸を繰り返す。

時刻は午後六時。

学校が終わり、寄り道せずにまっすぐに帰宅した俺は、制服を着替えて髪型を整えたあと、かつてない緊張とともに自宅での配信を始めようとしていた。

「大丈夫だ……落ち着け……取り乱すな……」

深呼吸を繰り返しながら、自分にそう言い聞かせる。

心臓の鼓動《こどう》が速い。

緊張で嫌な汗が体中から噴き出している。

パソコンの画面に映っているのは、配信準備画面。

あとは配信開始ボタンを押せば、配信が始まるところまで準備は完了している。

「ど、どれぐらい来るんだろう……」

すでに俺のチャンネル登録者は25万人を超えている。

今朝見たときは20万人だったのに、どうやら俺が授業を受けている間に、さらに5万人増えたらしい。

……数日前まで登録者が1人増えるたびに飛び上がって喜んでいたのがバカみたいに思える。

スマホを確認すればＳＮＳのフォロワーも現在進行形で増えていっている。

トレンドにもいまだ載っているし、俺は現在進行形でバズっている最中だ。

……一体、この状態で配信をつけたらどれぐらいの人が見に来るのだろうか。

……１０００人ぐらい来たりして。

あるいはもっと……？

「やるっきゃない……」

いつまでも配信画面を見つめたまま足踏みしているわけにもいかない。

俺は覚悟を決めて配信開始ボタンを押す。

「ぽちっとな……」

配信が始まった。

＃＃＃

「こ、こんにちはー……」

自分の顔を映したパソコンの画面に向かって、俺は恐る恐る挨拶をする。

〝よお〟

〝きたァアアアア！！！〟

〝始まったァアアアアああああ！！！〟

〝うぉおおおおお！！！〟

〝どりゃぁああああああ！！！〟

〝こんにちは！〟

〝初めまして〟

〝奏ちゃんから来ました！〟

〝俺たちの奏ちゃんを助けてくれてありがとう！〟

〝ようやくか！〟

〝待ってた!!〟

「ふぁっ⁉」

怒涛《どとう》のように流れるコメント。

俺は思わず素《す》っ頓狂《とんきょう》な声をあげてしまう。


〝奏から来たぞ……！〟

〝学校終わったのか⁉　超人高校生‼〟

〝動画見たぞ‼　オーガを１人で倒すとかイカれてるだろ……！〟

〝なんでお前みたいな逸材《いつざい》が今まで埋もれてたんだ？〟

〝奏ちゃんを助けてくれてありがとう……！〟

〝昨日の動画、マジでかっこ良かった！　惚《ほ》れたぜ‼　チャンネル登録もしたぞ！〟

〝奏ちゃんを助けてくれてありがとうございます……！〟


なんだこれ、なんだこれ、なんだこれ⁉

コメントの流れが速すぎる……？

システムによる更新が追いついておらず、ちょいちょいコメント欄がフリーズしてるぞ……⁉

大手の配信者のところでしか見たことない、人気ゆえの現象が俺の配信でも……

ってか、同接５０００人⁉

まだ配信始まって一分も経ってないぞ⁉

バグか何かなのか⁉

俺昨日まで同接５人で喜んでいた過疎配信者だぞ……？

「あ、あの……えっと……いや、その……」

やばい。

考えてきた喋ることとか全部飛んでしまった。

まさかこんなに人が来ると思わなかった。

どうしよう……

と、とりあえず自己紹介を。

「た、たくさん見に来ていただいてありがとうございます。神木拓也と言います。ダンジョン配信者をさせてもらってます……」

俺は震える声で自己紹介をした。本名はすでにバレてしまったので、この機会に本名で配信することにしたのだ。


〝緊張してる？〟

〝声震えてるぞ〟

〝礼儀正しいな。育ちがいいと見た〟

〝あの強さでこの弱腰《よわごし》……ギャップいいね〟

〝おい、自己紹介とかいいから早く本題に入れ。お前と奏ちゃんの関係を教えろ。もし付き合っているとしたら俺は……お前を……〟

〝めっちゃ緊張してるやん笑笑〟

〝肩の力抜けって〟


「すみません……こ、こんなに人来たの初めてで……」


〝動画見たぞ。奏ちゃんをオーガから助けるシーン、マジで良かった〟

〝一日で登録者20万人以上増えて、同接も鰻《うなぎ》登りだからなぁ……緊張するのもわかる〟

〝というか、こいつこんなに強いのになんで伸びなかったんだ？〟

〝奏ちゃんとクラスメイトって噂《うわさ》はマジなんですか？〟

〝奏ちゃんと付き合うんですか？〟


同接はこうしている間にも８０００人、９０００人とどんどん増えていく。

あれこれ、まさか１万人突破するんじゃ……

つか、コメント速すぎて読めない……

俺はコメント欄を一時固定して、なんとかその中から一つを拾っていく。

「桐谷奏さんとクラスメイトなのは本当です……当たり前ですけど、付き合ったりとかはしてません。これからもそんな予定はもちろんないです」

コメント欄をざっと見た感じ、大体三つに分かれていた。

一つは、桐谷を助けてくれたお礼を言うもの。

おそらくこれは桐谷の視聴者のものだろう。

最後の一つが、桐谷と俺の関係を聞くもの。

おそらくこれは桐谷の熱狂的な信者……ユニコーンたちのものだろう。

そしてもう一つが、初めて俺の配信に来て、俺に興味を示してくれる人たち。

俺はそれらのコメントを見て、この配信をつけた一番の目的を思い出した。

「俺と桐谷さんはただのクラスメイトの関係です。今日学校で、桐谷さんから助けたお礼をしていただきました。昨日のことがあるまで、俺は桐谷さんとあんまり喋ったことはなかったです。多分これからもこれまで通りだと思います」

そう。

俺が今日このタイミングで自宅配信を行った理由は、これにある。

桐谷との関係をしっかりと桐谷の視聴者に告げて、ユニコーンたちを安心させること。

桐谷の熱狂的な視聴者的には、やはり男である俺と桐谷の関係が気になるところだろう。

命を救われた桐谷と救った俺。

おまけに2人は同じ高校に通うクラスメイト同士。

想像力豊かなユニコーンたちは、これだけの要素でおそらく今まで色々とあらぬ想像を膨らませていたに違いない。

だから……彼らの恨みを買わないためにも、とりあえず桐谷と俺は全然親しくなってなんかいないし、この機会に距離が詰まったりなんてことがないことをアピールしておきたかったのだ。

界隈でも厄介者《やっかいもの》扱いされている、桐谷のユニコーンを敵に回したくないからな。


〝そうなんですね〟

〝了解です〟

〝わかりました〟

〝ほらな。邪推《じゃすい》してたやつ、お疲れ〟

〝本当かぁ？〟

〝まぁそう言うしかないよな。実際はどうかわからん〟

〝いや、お前ら仮にも奏ちゃんの恩人だぞこいつ。まずは感謝しろよ〟

〝ユニコーン怖すぎ笑笑〟

〝こんなことわざわざ言わされて可哀想〟


コメント欄を見た感じ、どうやら俺と桐谷の関係についてはしっかりと理解してもらえたようだ。

一部疑っているようなコメントはまだあるものの、大半のユニコーンさんたちが、俺の言葉を信用し、安心している様子が窺《うかが》える。

そんなユニコーンたちを〝まずは感謝しろよ〟と窘《たしな》める一般視聴者のコメントとかもちらほら……

って、あ……

そんなこと言ってたら同接1万人……

「1万人……マジか……」


〝おお……！　1万人おめ！〟

〝勢いすごいな！〟

〝まだ配信始まって五分ぐらいだぞ……〟

〝こりゃ2万人は堅いな……一時間も続ければ3万人いくんじゃないか……？〟

〝桐谷の視聴者も多いだろうが、あの動画を見た探索者界隈の連中も見に来てそうだな〟

〝高校生でオーガを瞬殺だもんな……〟

〝あの動画初めて見たとき、普通に誰かのコラ動画か何かかと思ったわ〟

1万人突破を祝福するコメントが一気に流れる。

せいぜい5000人ぐらいかな、と思っていたら開始五分で1万人。

……マジかよ。

俺は、途方もない同接数に少しの間呆然としてしまうのだった。

第9話

配信が始まってから十分が経過した。

いまだに配信の同接は増え続けており、現在1万5000人を突破している。

(もうこれわっかんねぇな……)

なんか、感覚が麻痺《まひ》してきた。

1万5000人という数字がどれぐらいの規模なのか、実感が湧かない。

コメントの流れもどんどん速くなる。

俺は、なんだかとんでもないことをしているんじゃないかという感覚に捉《とら》われながら、配信を続ける。

昨日の事件のことについてはもうすでに一通り語り終えた。

現在俺は、滝のように流れるコメントの中から視聴者の質問などを拾って答えるということをしていた。

とにかく、せっかくこれだけの人が見に来てくれているわけだから、俺のことを少しでも知ってもらおうと思ったのだ。


〝高校生って本当なんですか？　いまだに信じられないんですけど〟


「はい、高校生です。もう学校とか名前とか割れてるんで今さらですけど……これが生徒証ですね」

俺は自らが現役の高校生であることを証明するために生徒証を見せた。


〝マジじゃん〟

〝すげー〟

〝いや、わかってたけどさ……あの強さだもんな。そりゃ疑うよ〟

〝どうやったら、高校生がオーガを瞬殺できるようになるんだよ、意味わかんねぇよ〟

〝生まれたその瞬間から探索者としての修行でも積んでたのか？〟

俺が生徒証を見せた途端に、コメント欄の流れが一気に速くなる。

やはり皆、俺が高校生ながら下層のモンスターであるオーガを倒してみせたことに驚いているようだった。

……実力をしっかりと評価してもらえてちょっと嬉しい。

昨日は年齢詐称のインチキ探索者のレッテルを貼られて、ちょっとモヤモヤしていたからな。

桐谷の事件のおかげで、すでに俺の顔も名前も、通っている高校も、桐谷と同じクラスであるということも完全に割れてしまっている。

今さら俺が高校生であることを疑う人間はいないだろう。

〝どうやってそんなに強くなったんですか？　自分、探索者目指してるんですけど、修行方法とか参考にしたいです〟

「修行方法……うーん……特に特別なことはしていないというか……配信のためにダンジョンに潜ってたら気がついたらこうなっていたというか……」

〝あー、これマジの天才のタイプだ……〟

〝天才すぎて言葉にできないタイプね〟

〝これ本物です〟

〝自分がどんぐらいやばいことやってるかもあんまり自覚ないんだろうなぁ……〟


「あ、いや……その……なんというか……」

なんかコメント欄が、天才とか自覚がないとかそんなんばっかりになってしまった。

まずい。

嫌味なやつだと思われただろうか。

俺は慌てて取り繕《つくろ》う。

「コ、コツみたいなのがあって……モンスターと戦うときになんていうかこう…………グッと集中して、シュッと速く動いて……ズバーッ!! みたいな感じです!!」


〝もういいぞ〟

〝そんなん参考になるかこの天才が〟

〝やっぱ言語化できないタイプの天才じゃないか〟

〝こりゃ天才ですわ。努力タイプじゃなくて、感覚タイプの本物の天才ですわ〟

〝参考にならねぇ……〟

「えぇ……」

カバーしようとしたつもりが、墓穴《ぼけつ》を掘ってしまった。

俺としてはどうにか説明しようとしたつもりだったんだが……

〝神木さんが天才なのはわかったんですが……いつから探索者になろうと思ったんですか？　やっぱり幼少期からそれなりに体づくりとかしてたんですか？〟

「えーっと……探索者になろうと思ったのは高校入学時ぐらいで……だからえっと……今から二年前ぐらいですね……」

〝は？〟

〝まじ……？〟

〝嘘だろ……？〟

〝流石に嘘だよね？〟

「ありがちだと思うんですけど、ダンジョン配信者に憧れて探索者になりました。それで、配信のために毎日ダンジョンに潜ってたら…………探索者としての実力はどんどん上がっていきました。配信者としての実力はついてこなかったんですけど……」


〝たった二年でこんな化け物が完成したのかよ www〟

〝もうすごすぎて笑いしか出てこねぇよ〟

〝ここまですごいと嫉妬すら湧き上がってこないんだな〟

〝これが才能か……残酷だな……〟

〝俺、探索者五年続けて、いまだに上層抜けられないのに……〟

〝これマジで上層中層で燻《くすぶ》ってる探索者全員心折れただろ〟

〝もしかして今日見に来た探索者を煽ってます？〟


「煽ってないですよ!?」

まずい。

これ以上探索者の話を続けたら、好感度が下がりそうだ。

……てか、いつの間にか同接2万人突破してる!?

一体どこまで増えるんだ!?

〝同接2万人おめ〟

〝すげー人来てるな〟

〝お、奏ちゃんが配信始めたな〟

〝悪い。奏ちゃん行くわ〟

〝奏ちゃんと二窓しよ〟

〝俺はここに残るぞ……！〟

〝奏ちゃんと二窓しようかな〟


同接が2万人を突破すると同時に、祝福コメントが流れた。

だがその直後、同接が1000人ほど一気に減った。

何が起きたのかとコメント欄を見てみると、どうやら桐谷の配信が始まったようだ。

「皆さん、桐谷さんの配信を見たい方もいると思うので、そろそろ切り上げますね」

すでに、桐谷と俺の関係性を説明するという、この配信の最大の目的は果たしている。

今日ここに来ている視聴者の大部分は桐谷の視聴者だろうし、桐谷の配信を見たいはずだ。

二窓すると言ってくれるありがたい人もいるが、ここら辺で切り上げたほうがいいだろう。

「次で最後の質問にします。何かありますか？」

俺は最後に一つ質問を拾って、配信を閉じることにする。


〝好きな武器とかは？〟

〝趣味ってあります？〟

〝彼女いますか？　奏ちゃんじゃないのはわかったので、一応……〟

〝探索者のパーティーとか募集してませんか？〟

〝これからどういう方向性で配信していくんですか？〟


たくさんのコメントが一気に流れる。

その中で俺は、一番良さそうだと思ったものを拾った。

「これからの配信の方向性……えっと、そうですね。基本的にこれからも変わらずダンジョン探索配信をしていこうと思います」

探索者としての実力。

それが俺の強みだからな。

だから、明日からはまたこれまで通りダンジョン配信に戻りたいと思う。

今日みたいに、自宅で雑談をしたり質問を返したりという配信をしばらく続けるという選択肢もあるにはあるのだが、はっきり言って需要がないだろう。

桐谷の事件から俺をフォローしてくれた人たちのほとんどが、俺の探索者としての実力を見たくて来ている、というのはなんとなく感じている。
だから俺は今日ここに来てくれた視聴者の一部でも自分の本当のファンにするべく、明日からダンジョン配信を頑張っていくつもりでいた。

〝よっしゃぁあああああ！！！〟
〝待ってました……！〟
〝やっぱそうだよなぁ〟
〝そうでなきゃ困る！〟
〝高校生がソロで下層に潜る配信……需要しかねぇ……！〟
〝めっちゃ楽しみ！〟
〝登録しました！〟
〝次回も視聴確定っと……通知オンにしとこ〟
〝俺もすぐ配信に来れるように通知オンにしとくわ〟

視聴者の反応も上々。
やはり彼らが求めていたのは俺のダンジョン配信だったようだ。

よし。

明日から気合い入れて頑張るぞ。

目標は今俺を見てくれている約２万人の視聴者…………この中から10％の２０００人ぐらいを俺の固定視聴者に変えることだ。

……理想が低いと思われるかもしれないが、今の俺は本当に一時バズってたくさんの人に見られているだけだ。

この中から10人に１人を毎日必ず見に来てくれる俺のファンに変えるというのは、正直かなり大変なことなのだ。

下手をすると一ヶ月後には、同接が数百人程度まで減っていた、なんてことも起こりかねない。

少し前まで人気のあった配信者が、ちょっとしたやらかしや炎上、競合の登場で一瞬にして消えていき、いわゆるオワコンとなる。

そんなことが当たり前のように起こるのが配信者界隈なのだ。

……俺も気合いを入れて頑張らないと、一ヶ月後には元の過疎配信者に逆戻りしかねない。

「それじゃあ、今日はこの辺で配信を終わろうと思います。次回はダンジョン配信になると思います。チャンネル登録と通知オンをお願いします……それでは……ありがとうございました……」


〝おつー〟

〝また見に来るぞー〟
〝お疲れー〟
〝じゃーのー〟

さりげなくチャンネル登録を促し、俺はお礼を言って配信を閉じた。

「ふぅ……」

配信が完全に閉じたのを確認してから、俺はため息を吐く。

……視聴者が1万を超えたときはどうなることかと思ったが、なんとかなったな。

「とりあえず風呂入ろ……そのあとは…………エゴサだな……」

俺はとりあえず風呂に入って緊張でかいてしまった嫌な汗をシャワーで流し、そのあとに今日の配信の評判を確認するためのエゴサをすることにした。

第10話

「さて……さっきの配信の反応はどんなもんかな……」

配信を終え、シャワーを浴びて汗を流した俺は、スマホを使って早速先ほどの自分の配信の評判を調べる。

俗に言う、エゴサーチというやつである。

有名人などが自分の名前をブラウザやＳＮＳなどの検索欄に打ち込み、ファンなどの反応を見る行為だが、あまりやりすぎると病《や》んでしまうとの噂も。

「酷評《こくひょう》されてたらどうしよう……」

悪口ばっかりだと心が折れるかもしれない。

だが、自分がどう思われているかというのはやはり気になるものだ。

配信を終えてから三十分ぐらいが経過しているため、感想をネットに書き込んでいる人もいるはずである。

俺は恐る恐る自分の名前をＳＮＳの検索欄に打ち込んだ。


〝神木拓也の配信見たけど、結構物腰柔らかそうな人だったたな。あんなに強いからもっとナルシスト系かと思った〟

〝神木拓也、普通にいいやつそうで草。気の弱い学生って感じだわ〟

〝神木拓也の配信、めっちゃ人来てたな。最終的に同接２万人超えてた〟

〝神木拓也は奏ちゃんの彼氏でもなんでもなかった。心配して損した〟

〝神木拓也、バズってから初の配信だったけどかなり立ち回り良かったたな。奏ちゃんのユニコーンたちを安心させてアンチ化させなかったのはマジで賢い選択〟

「お、これは……？」

俺の名前を打ち込んで最初に出てきたのがそんな反応だった。

見た感じあからさまな悪口とかは見当たらない。

物腰柔らかそうな人だった、とか、普通にいいやつそうとか、意外と好感度が高い。

探索者を煽っているとか言われて、もしかしたら嫌われてしまったかとも思ったが、そんなことなかったらしい。

桐谷の配信の熱狂的ファンであるユニコーンと思しき人たちのアカウントを見てみても、俺の意図がしっかりと伝わったのか、〝奏ちゃんと神木拓也がなんともなさそうで安心した〟というような反応が多かった。

〝神木拓也。顔は普通。性格は良さそう。探索者としての実力は折り紙付き。これから伸びるだろうな〟

〝次回はダンジョン配信をするらしい。マジで楽しみ〟

〝バズってめっちゃ調子乗るやつ多いけど、神木拓也は意外と謙虚だったな。そこもいい〟

〝というか、高校生で下層まで潜れる実力あって、なんで今まで伸びなかったんだ？〟

〝桐谷奏の配信が始まったら視聴者に配慮してすぐに配信切ったしな。マジで今のところ立ち回りは完璧と言わざるをえない〟


「プレッシャーあるな……」

反応の中には、次回のダンジョン配信を楽しみにしているというような投稿もかなりあった。皆、やはり俺の探索者としての実力を配信で見ることを望んでいるようだ。

正直、結構プレッシャーを感じてしまう。

明日の放課後のダンジョン配信……やらかさないように気をつけないと。

「ふぅ……なんか力抜けたな……」

とはいえ、初配信は成功と言えるだろう。

見ていた人たちの反応も悪くない。

もちろん一部には、いまだに俺と桐谷の関係を疑ったり、ちょっとした悪口を言っていたりするような投稿もあるのだが、ほんのごく一部だ。

今のところ、俺の好感度は概《おおむ》ねいいと見て良さそうだった。

「お？　桐谷が配信やってるな……」

エゴサを終えて一息ついたところで、俺はいつもこの時間にしているように他のダンジョン配信者たちの配信を漁り始める。

同時接続のランキングが見れるサイトをざっと流し見していると、かなり上位のほうにある桐谷の配信が目に入った。

そういや、俺が配信終わる間際《まぎわ》に桐谷が配信を始めていたな。

……うわ、同接10万人か。

やっぱすごいな桐谷は。

まぁあんな事件があったから、野次馬《やじうま》なんかもたくさん配信に来ているんだろう。

「どれどれ……」

俺はリンクをタップして桐谷の配信を見に行く。

＃＃＃

『このたびは本当にお騒がせしました。心配してくれた皆さん、身を案じてくれた視聴者さん、本当に申し訳ございません。それから……助けてくれた神木拓也くん、本当にありがとうございます』

「おおう……」

配信をつけた瞬間に、桐谷の俺へのお礼が耳に飛び込んできて俺は反応に困ってしまう。

どうやら桐谷はたった今、配信で昨日の事件について視聴者に語り終え、心配をかけたことを視聴者にお詫びしているらしい。


〝5万円／奏ちゃんが無事で本当に良かった〟

〝1万円／おかえり奏ちゃん。怪我とかなくて本当に良かったです〟

〝5000円／ご無事で何よりです〟


「うわめっちゃスパチャ飛んでる……」

画面が色とりどりのスーパーチャットで埋め尽くされていた。

いわゆる投げ銭というやつで、お金を配信者に投げて活動を応援できるのである。

配信には、万単位のお金が桐谷の無事を祝うコメントとともに飛び交っていた。

「すごいな……」

まぁ桐谷は投げ銭額ランキングで日本トップ5に入るぐらいの人気っぷりだから普段から高額のスパチャが飛んだりはするのだが……

しかし、今日は桐谷が命を落としかけた事件のあととあって、ユニコーンたちが大量に桐谷に、無事を喜ぶコメントとともにスパチャを投下しているようだった。

「すげぇなぁ……」

社会にもまれているサラリーマンの方とかが見たら、働くのが馬鹿馬鹿しくなるほどの額が飛んでいるのをぼんやりと眺めながら、俺は思わずそう呟いていた。

……あ、そうだ。

俺も登録者１０００人超えたし、収益化の申請しておこう。


〝神木拓也にはマジで感謝してる〟

〝俺たちの奏ちゃんを助けてくれた英雄〟

〝さっき神木の配信見てきたけど、普通にいいやつそうだった〟

〝奏ちゃん、神木くんとかとはその後どうなの？〟


『あの……もちろんですけど、神木くんには今日クラスで助けてもらったお礼を言わせてもらいました。後日もう少し何かの形で恩に報《むく》いられればと思っています』


〝偉い〟

〝ちゃんとお礼言えて偉い〟

〝クラスメイトの探索者が、あのタイミングで近くにいたのはマジで奇跡だよな〟

〝奏ちゃんは律儀《りちぎ》だね。いまどきちゃんとしてもらったことに感謝できる人のほうが少ないからね〟

〝偉いよ奏ちゃん〟

『それからえっと……あの、もう一つ大切なお知らせがあって……』

〝うんうん〟
〝何かな？〟
〝どしたの？〟
〝なんか空気が……〟

『今まで私のアシスタントを務めてくれた鈴木さんですが…………つい先ほど辞めるご連絡をいただきました』

〝あー……〟
〝まぁそうだよね〟
〝は……？　なんだそれ〟
〝鈴木○ねよ〟
〝ふざけるな鈴木。あいつ奏ちゃんを見捨てやがって……〟

〝いやいやいや、分《ぶ》が悪くなったからトンズラ？　奏ちゃんとか俺たちに他に言うことないの？〟

コメント欄が一気に荒れ狂う。

桐谷の視聴者たちが、昨日桐谷を見捨てて逃げたアシスタントにキレているようだった。

怖い。

めっちゃ怖い。

普通に〝◯ね〟よ、とか〝◯す〟とかいうコメントが飛び交っている。

……まぁ桐谷の視聴者の熱は本当にすごいからな。

今まで桐谷に雇われてアシスタントをやってきながら、いざというときに桐谷を見捨てて自分だけ逃げたのが、桐谷の信者的に絶対に許せない行為だったんだろう。

〝5万円　／　奏ちゃん。当方弁護士なのですが、もし鈴木を訴えるのであれば、助けになれますよ〟

〝俺なら訴訟してるわ。今まで雇ってもらっておきながら奏ちゃんを見捨てるのはマジでないわ〟

〝鈴木さん、今までいい人だと思ったけど、本性出たな。マジでくそ〟

〝なんらかの報復が必要だよね〟

「こっわ……」

中には最高額のスパチャをして、訴訟を勧める視聴者までいる。

これは鈴木さん、人生詰んだとまでは言わないが、少なくともこの業界にはもういられないだろう。

……まぁ少し可哀想な気もするが、自業自得な部分もある。

『そ、訴訟とかはしないですよ……！　鈴木さんにはすでに謝罪の言葉ももらってます……！　私は昨日のことについて鈴木さんを責める気持ちはありません！　いざというときに自分の命を優先するのは悪い行為だとは思いません!!』

燃え上がるコメント欄を慌てて桐谷が鎮《しず》めにかかる。


〝まぁ、奏ちゃんがそう言うなら……〟

〝奏ちゃんめっちゃ優しいな〟

〝まぁ奏ちゃんが許したならいいよ〟

〝正直鈴木さんのしたことは許せないけど、奏ちゃんがそう言うなら、これ以上俺たちが口出すことじゃないよね〟


桐谷の言葉で一気にコメント欄の流れが変わる。

まだ許せない派は一気に少数派になり、奏ちゃんがいいならもう言わない派が多数派になる。

すごいな。

もはや何かの宗教の教祖のような様相を呈している。

『えっと……今日配信で伝えたかったことは以上になります。それじゃあ、いつも通りスーパーチャットのお礼をしたいと思います』

桐谷がそう言って、いつもそうしているように高額のスーパーチャットをしてくれた視聴者にお礼を始める。

「人気配信者も大変だな」

俺はそんな感想とともに桐谷の配信を閉じたのだった。

#　神木拓也とかいう配信者

0001　この名無しが凄すぎ！（主）
いきなり出てきたけどこいつマジで何者なん？

0002　この名無しが凄すぎ！
桐谷奏の人気のおかげで打ち上がった新参ダンジョン配信者

0003　この名無しが凄すぎ！（主）
＞＞1
どーゆーこと？
桐谷奏の新しいパーティーメンバー？

0004　この名無しが凄すぎ！
違う違う
桐谷奏も神木拓也もソロのダンジョン配信者だぞ

0005　この名無しが凄すぎ！（主）
＞＞4
？？？

0006　この名無しが凄すぎ！
あー、これ、イッチが神木拓也登場の一連の流れ知らん感じか
簡単に説明すると

昨日の桐谷奏のダンジョン配信で桐谷奏がイレギュラーに見舞われて死にかける
↓
近くにいた神木拓也が颯爽《さっそう》と登場、桐谷奏の命を救う
↓
特定班により、神木拓也が桐谷奏と同じ高校に通うクラスメイトであることが特定され、さらにダンジョン配信していたアカウントも見つけ出される
↓
事件後の初めての配信で同接２万達成（イマココ）

だいたいこんな感じや

0007　この名無しが凄すぎ！（主）
＞＞6
はえー
せなんや
じゃあ、神木拓也は桐谷奏の命を救ったから、一時的に持ち上げられているだけか
それなら二週間後には誰も見てな

いだろうな

0008　この名無しが凄すぎ！
いや、そうとも限らんぞ
こいつ探索者としての実力がヤバすぎるから、多分これを契機に爆伸びして大手ダンジョン配信者になる可能性大だぞ

0009　この名無しが凄すぎ！（主）
＞＞8
そうなん？
やばいってどのぐらい？
ソロで中層踏破できるぐらいか？

0010　この名無しが凄すぎ！
いや、おそらくソロで下層を踏破できるだろうな
桐谷奏を救う際に下層最強格のオーガ瞬殺してた

0011　この名無しが凄すぎ！（主）
ファッ⁉
オーガ瞬殺⁉
ヤバすぎやろwww
動画まだ残ってる？

0012　この名無しが凄すぎ！
いろんなやつが死ぬほど転載してる
一回ググって見てこい
マジで引くぐらい強いから

0013　この名無しが凄すぎ！（主）
ちょっと見てくるやで
お前ら俺が帰ってくるまで勝手に話しといたってくれ

0014　この名無しが凄すぎ！
イッチ行ってしもうたか
別の神木拓也のスレ行こうかな

0015　この名無しが凄すぎ！
てか神木拓也スレ立ちすぎやろ
いくつあるんや

0016　この名無しが凄すぎ！
まぁしゃーない
トレンドも一位だったし、二、三日はこうだろうな

0017　この名無しが凄すぎ！
つかいろんなところで言われてるけど、こいつまじでなんで今まで伸びなかったんだろうな？
昨日桐谷奏の配信に映るまで登録

0021　この名無しが凄すぎ！
てか、桐谷奏のガチ恋勢怖すぎやろ
こいつら、昨日から今日にかけて神木拓也と桐谷奏が恋人だとか違うとかでずっと桐谷奏の専用スレでレスバしてたからな
いや、まずは桐谷奏の無事を喜んだり、助けた神木拓也に感謝するところだろうと

0022　この名無しが凄すぎ！
あいつらマジで終わってるからな
桐谷奏の配信にたまたま映り込んだ男配信者を、匂わせがどうとか意味不明な理由で通報しまくって最終的に配信者引退に追い込んでるからな
桐谷奏の信者は敵に回しちゃいけないってそれ一番言われてるから

0023　この名無しが凄すぎ！
あの事件なｗ
あれはマジでやばかったわ
この界隈で一番煙たがられてるカロ藤糸屯二信者たちも軽く引いてたレベル

0024　この名無しが凄すぎ！
かろふじ信者に引かれるとかどんだけヤバいやつらなんだよｗｗｗ

者一桁だったって噂もあるぞ
高校生でダンジョン下層潜れる配信者とかマジで日本全国探してもこいつぐらいなんやから、普通だったら伸びるやろ

0018　この名無しが凄すぎ！

それに関してはあまりに実力が嘘くさすぎて年齢詐称してるって思われてたからみたいやな。

事件の直前のこいつのソロアーカイブで、ネット民に年齢詐称のインチキダンジョン配信者認定されて顔真っ赤にして反論してたからな。

強すぎて逆に伸びなかったっていう珍しいパターンや。

0019　この名無しが凄すぎ！
マジかよネット民最低だな
すぐ嘘松認定するのやめようよ
悪いとこ出てるぞ

0020　この名無しが凄すぎ！
しゃーない
匿名だからって自分を大きく見せようと平気で嘘つくやつが多すぎるんや
その類やと思われたんだろ

0025　この名無しが凄すぎ！
神木拓也もそのこと多分わかって
たんだろうな
今日配信初めて一番最初にやった
ことが、自分と桐谷奏がただのク
ラスメイトだって弁明すること
だったからな

0026　この名無しが凄すぎ！
あれほとんど桐谷奏のユニコーン
が言わせたようなものだからな
マジで可哀想だった

0027　この名無しが凄すぎ！
しかし、神木拓也なかなか立ち回
りが上手いよな
桐谷奏が配信始まったらすぐに配
信きって視聴者を気遣ったところ
といい、ユニコーンを敵に回さず
にうまく交わし切ったところとい
い、マジで敵を作らないうまいや
り方してる

0028　この名無しが凄すぎ！
おそらくかなり長くいろんなダン
ジョン配信者をみてきて、炎上の
際の立ち回りとかみてたんだろう
な
マジでこんなやつが今まで伸びな
かったの、ある意味奇跡だろ

0029　この名無しが凄すぎ！（主）
すまん今戻ったやでｗ
動画と神木拓也の配信ちょっと見
てきた

0030　この名無しが凄すぎ！
＞＞29
やばかったろ？

0031　この名無しが凄すぎ！（主）
ヤバすぎやwww
下層最強格のオーガがマジで瞬殺
やったwww
お前らのことだからどうせ誇張や
ろとか思ってたけど、マジで一瞬
でオーガ倒してたwww
ヤバすぎwww

0032　この名無しが凄すぎ！
だろ？
俺も初めて見たときはコラ動画か
何かかと思ったけどな

0033　この名無しが凄すぎ！
イッチおかえり
俺もオーガ倒す動画見たけどあれ
まじでレベチだよな

0034　この名無しが凄すぎ！（主）
レベチなんてもんじゃねぇ www
あれ人間辞めてるわ www
どうやったら高校生であんなに強くなれるんや？

0035　この名無しが凄すぎ！
こればっかりは才能やろなぁ
俺も今日の神木拓也の配信見てたけど、自分がどうやってモンスターと戦ってるのか、まるで説明できてなかった
多分感覚タイプのマジもんの天才だよあれ

0036　この名無しが凄すぎ！
＞＞ 35
わかる
これまで天才って言われている探索者も、なんだかんだ努力家だったり、しっかりとした方法論とか戦法に基づいてモンスターと戦ってる感じやったからな
けど神木拓也は理論じゃない
マジで何をどうすればいいかが最初っからわかってるタイプのガチモンの天才や

0037　この名無しが凄すぎ！
しかもあれだけの才能持ってながら、イキリタイプじゃないのが好感度高いよな
顔も普通すぎるというかモブっぽいし、なんかとぼけた感じの雰囲気があるよな

0038　この名無しが凄すぎ！（主）
＞＞ 37
それワイも思ったやで
強い探索者って戦闘狂系かあるいはナルシスト系の二択やと思ってたけど、あんなになよっとしたやつがおるんやな

0039　この名無しが凄すぎ！
とりま俺はチャンネル登録したわ
明日ダンジョン配信もやるらしいし、今日から追って数年後に古参を名乗るんや

0040　この名無しが凄すぎ！
いやもう人気出たあとだから古参名乗るのは無理だろ
二年前から登録者一桁で配信してたみたいだから、お前がその一桁のうちの１人だったら古参名乗れたかもな

0041　この名無しが凄すぎ！
マジで羨ましい才能
俺も高校生で探索者やってるけど、

中層抜けるのがやっとや
とても１人で下層には踏み込めん
……

めっちゃ努力してソロでなんとか
中層は踏破したけど……
マジで格上を見ると心折れそうに
なる
今高一だしあと二年間頑張ったら
足元に及ぶぐらいにはなれるやろ
か……
やっぱ無理かな
高校生で探索者として食っていけ
るぐらいの実力は身についたから
満足してたけど、マジで心折れそ
うや

0042　この名無しが凄すぎ！
＞＞41
高校生で中層踏破できるだけで十
分上澄みやろ

0043　この名無しが凄すぎ！
＞＞41
お？　自慢か？

0044　この名無しが凄すぎ！
誰だよ隙与えたの

0045　この名無しが凄すぎ！（主）
＞＞41
アク禁
ガキは糞して寝ろな～＾＾
むかついたからアク禁やで

0046　この名無しが凄すぎ！
アク禁わろた

0047　この名無しが凄すぎ！
アク禁ざまぁｗ

第11話

「拓也先輩……！　おはようございます!!」

「見て……！　拓也先輩だ……！」

「昨日の配信見ましたよ……！　拓也先輩……！」

「同接2万人おめでとうございます……！」

「拓也先輩動画見ました……！　どうやったらあんなに強くなれるんですか!?」

「拓也先輩、俺も将来探索者になりたいと思ってるんですけど、良かったら弟子にしてくれませんか!?」

「拓也先輩、サインくださいお願いします！」

「握手してください、拓也先輩……！」

同接2万人を記録した配信の翌日。

俺がいつもの時間に登校してくると、高校の生徒たちが一気に俺のもとへ群がってきた。

「桐谷先輩と付き合うんですか!?」

「拓也先輩ってめっちゃ強かったんですね……！」

「拓也先輩……！　俺もダンジョン配信者やってて全然伸びないので、コラボしてくれませんか⁉」

「拓也先輩！　私、今彼氏いないんですけど、良かったら連絡先交換しませんか……？」

生徒たちはまるでテレビの有名人でも見つけたみたいな勢いで、俺のもとに殺到し、サインや握手を求めてくる。

中には、連絡先を聞いてきたり、コラボしてくれと言ってきたりする生徒までいる。

「わ、悪いんだが、俺はサインとかない……！　握手も受け付けてない！　誰とも連絡先も交換しない……！　頼むから通してくれ……！」

当たり前だが、芸能人でもない俺はサインなんて持ってないし、握手に応じる気もない。

後輩と思《おぼ》しき女子たちが連絡先を聞いてくるのには正直誘惑に負けそうになったが……しかしなんとか理性で自分を制する。

「退《ど》いてくれ……！　すまない……！　本当にごめん……！」

俺は誰に向かってなのかそう謝りながら、俺に殺到する生徒たちを押し退け、どうにか教室までたどり着いた。

流石に教室までついてくる生徒はおらず、俺は教室内に入ってほっとため息を吐いた。

「お、神木が来たぞ！」

「神木くんおはよう!!」

「よお、神木。昨日の配信見たぞ！」

「え……」

教室に入って一息ついていたのも束の間で、今度はクラスメイトたちが俺のもとへ群がってくる。

そして口々に昨日の配信の感想などを言ってくる。

「同接2万人おめでとう！」

「すごい人来てたね！」

「まさか、うちのクラスから新たに有名ダンジョン配信者が現れるなんてな！」

「今日の放課後はダンジョン配信するそうじゃないか。応援してるぞ」

「頑張って神木くん」

「ははは……ありがとう……」

口々に「応援してるぞ」「頑張れ」と言って話しかけてくるクラスメイトたちに俺は苦笑いを浮かべる。

ネットでバズり、ちょっと有名になった途端に、あからさまに周囲の俺に対する態度が変わってしまった。ちょっと前まで、俺なんてこのクラスで名前を覚えてもらっているかも怪しいモブみたいな存在だったのに……

「よお、有名人」

話しかけてくるクラスメイトに一通り対応したあと、俺は自分の席に座って一息ついた。すると、すでに登校していたらしい前の席の祐介が振り返って俺に話しかけてきた。

「昨日の配信見たぞ。同接数的にすっかり大手配信者だったな」

「おい、お前までそういうのやめろ……」

「ははは。ここまでの周囲の反応でもうんざりか？」

「ああ………ここへたどり着くのにどれほど苦労したか」

ようやく一息つけるってのに、祐介にまで無駄に持ち上げられたらたまったものじゃない。

「いやあ、しかし昨日の同接は本当にすごかったぞ。チャンネル登録者数もフォロワー数もまだまだ伸びてる。ネットの反応見たか？　お前意外と好感度高くなってたぞ」

「……ああ、まぁそうだな」

「お？　その反応。ひょっとしてエゴサでもしたか？」

「……一応。ちょっとな」

「ははは。マジで有名人みたいだな」

「やめろ」

「けどあんまりエゴサしすぎるなよ？　病むらしいぞ？　知らんけど」

「わかってる。ほどほどにするつもりだ」

「そうしとけ。しっかし、本当に良かったな。お前が配信始めてからずっと求めていた展開が今、起きてる。バズって、フォロワーと登録者が増えて、一躍有名人。一気に成功者の仲間入りだな。友人として素直に嬉しいぞ」

「成功者はまだ言いすぎだろ。今後どうなるかわからんし……それに棚ぼた的にそうなっただけで、俺の実力じゃないしな」

「確かに運もある。だが、やっぱりお前の実力もあるだろうよ。高校生でダンジョン下層最強格のオーガを瞬殺とか、話題性抜群だからな」

「うーん……どうだろうな」

「なんだ？　数週間後にはもとの過疎配信者に戻ってるんじゃないかって心配なのか？」

「……ああ、そうだよ。お祭しの通りだ」

同時接続２万人。

確かに数字にしてみたらすごいことかもしれない。だが。その数字が一時的なものであっては意味はないのだ。

今は一時的に桐谷奏というビッグネームの影響でバズってるが、しかしこっから先、この現在の一時的な人気を持続的なものにしていくには、俺自身の配信者としての力量が試される。

今日の放課後のダンジョン配信。

ここで視聴者を満足させられるか否か。

ここが分水嶺《ぶんすいれい》になるだろうな。

「まぁ、肩の力抜けって。お前なら大丈夫だろ」

「……そうか？」

「ああ。配信者としての実力はともかく、探索者としての実力は保証してやるよ。高校生で下層を踏破できるのは大袈裟《おおげさ》でなく日本でお前ぐらいなもんだ。探せば、あと1人か2人ぐらいは見つかるかもしれんが。だから、自信持て。今日の放課後、ダンジョン配信やるんだろ？」

「ああ、そうだ」

「頑張れよ。俺の予想だと、こっからお前はさらに伸びるぜ」

「……そう思うか？」

「ああ。俺だって長年ダンジョン配信者とか他の配信界隈の動向を追ってきたからな。伸びるやつと伸びないやつはなんとなくわかる。お前は俺の直感だと、同接2万人にとどまらない。一ケ月も続ければ、同接4万、5万を維持できるような、それこそ桐谷級の配信者になるだろうな」

「お前本当に祐介か？」

なんだか今日の祐介は俺に甘すぎる気がする。こいつがこんなに俺を評価して持ち上げたことなんて今まであっただろうか。

「へへへ。たまには俺だって友人っぽいこと言うだろ？」

祐介が打算がありそうな顔でニヤニヤ笑う。

「……お前、何か企《たくら》んでるだろ」

「おうもちろん」

「なんだよ白状しろ」

「そりゃもちろん。今まさに有名配信者になりそうな有望株のお前に、友人って立場を利用して取り入っておけば、将来的に得することがあるかなって」

「お前なぁ……」

前言撤回。

祐介はやっぱり祐介だった。

……だがまぁ、ある意味こいつらしくて妙な安心感があったりもするのだが。

「はぁ……お前はやっぱり変わらないな。まぁ……ともかく俺は、桐谷級は流石に無理だと思うが、同接数千の中堅どころにはなれるように頑張るよ」

「おう、頑張れ。応援してるぞ。何か手伝えることがあったら言えよ」

「頼りにしてるぞ」

ネットに俺より詳しい祐介の助力は正直心強い。おそらくこれからも配信者としての立ち回りの相談など、何かと頼ることになるだろう。

こいつはこいつで俺に取り入るつもりらしいから、ウィンウィンだな。

「にしても、お前、昨日の配信はなかなか良かったぞ。ほぼ理想の立ち回りだ。俺的に採点結果は

95点だな」

「いやに高評価だな。評価ポイントはどこだよ」

「そりゃもちろん、一番は桐谷の熱狂的なファンを敵に回さなかったところだ。これでお前が万一にでも桐谷との関係を匂わせでもしたら、大炎上だっただろうな」

「そんなことするわけないだろ。そりゃ俺だって、桐谷の視聴者を敵に回しちゃいけないことぐらい理解できる」

昨日の配信の一番の目的は、桐谷との関係性をはっきりさせることにあった。

その目論見《もくろみ》は概ね達成され、俺は現在でも桐谷の熱狂的信者……いわゆるユニコーンたちを敵に回すことにはなっていない。

一部まだ俺と桐谷の関係を疑っている信者は存在するだろうが、時間が経てば俺のことなど気にも留めなくなるだろう。

「それから、お前の素の性格が出てたのも良かったな。なよっとした感じがネットの連中に好評だったぞ」

「それは褒めてんのか……？」

「もちろん褒めてるぞ。現実では弱々しいとか男らしくないと言われて不遇のナヨナヨ系男子も、ネットではがっついてないとか、いい人そうとかいう評価になりがちだしな。お前の場合、探索者としての実力はピカイチなのに、物腰が柔らかすぎてこんにゃくみたいだから、余計にギャップがあって評価されてた」

「こんにゃくって……お前なぁ……」

そこまでなよっとしているつもりはないんだが。

「とにかく、昨日のお前の配信は本当に立ち回りに関して完璧だった。容姿も、配信の足を引っ張るほどに悪くないし、嫉妬を生むほどに良くもない。これも高評価ポイントの一つだ」

「つまり、至って普通で平凡と言いたいんだな。お前、やっぱり俺を貶《けな》してるだろ」

「ははは。スペックが高すぎるってのは、ネットでは嫉妬を生むディスアドバンテージだ。喜べ。お前はどこまでも配信者向きのスペックだよ」

「……褒められてる気がしねぇ」

「とりあえず、今日のダンジョン配信が山場だな。ここでお前が今後人気が出るかどうかも分かれると思う」

「……ああ、そうだな。それは俺もわかってるつもりだ」

「俺のおすすめはだな、あんまり自我を出しすぎず、イキらず、淡々と強いモンスターと戦い、お前の探索者としての実力を披露《ひろう》することに特化した配信を心がけることだな。今日は下層まで潜るんだろ？」

「もちろん」

俺は頷いた。

「お前の言うように、余計な話とか雑談はしようとは思ってない。ソロで、下層まで潜って強いモンスターとたくさん戦うつもりだ。それを……多分視聴者も求めてるしな」

第12話

「さて、いよいよだな」

放課後。

授業を終えて速攻ダンジョンへとやってきた俺は、すでに装備を身に着けた状態で、スマホ片手に深呼吸をしていた。

右手には剣。

そして左手には配信用のスマホ。

今まさに俺は、バズってから初のダンジョン配信に挑もうとしていた。

「落ち着け……いつも通りだ……いつも通り、モンスターと戦って下層まで行けばいいんだ……」

深呼吸をして高鳴る鼓動を落ち着かせながら、自分にそう言い聞かせる。

祐介が言っていたし自分でもわかっていることだが……今日の配信は特別だ。

桐谷効果でバズり、一時的に俺に集まってきたたくさんの視聴者。

いまだ様子見段階の彼らを、これから定期的に俺を見に来てくれる固定視聴者にできるかは、今日のこのダンジョン配信にかかっていると言っていい。

もし今日のダンジョン配信でやらかしてしまうと、野次馬根性で俺の配信を見に来てくれている視聴者は一気に離れていくだろう。

昨日の同接2万人という数字からして、今日もある程度の数の人が俺の配信を見に来ると思われる。

見に来る彼らを失望させないように、なんとしてでも今日のこのダンジョン配信を成功させる必要がある。

「さて……やるか……」

いつまでも足踏みをしていては、一番配信に人が集まってくる夕方から夜にかけての時間帯を逃してしまう。

俺は覚悟を決めて配信を始めようとする。

「っと、その前に……配信開始を呟くか……」

告知用のＳＮＳで配信開始をフォロワーに伝える。

「よし……配信開始……」

ＵＲＬを貼り付け、呟きを投稿したあと、俺は配信を始めた。

＃　＃　＃

〝お、きた……〟

〝やあ〟

〝きたぜ〟

〝きたぁあああああああ！！！〟

〝待ってた〟

〝呟き助かる〟

〝通知から来たぞ！〟

〝よっしゃぁあああああああ！！！〟


「……っ」

配信開始直後から、怒涛のように視聴者が押し寄せてくる。

コメントが勢いよく流れ、同接の数字が一気に３０００、４０００と上がっていく。

すぐに駆けつけてくれた視聴者は、おそらくサイトの通知機能を使って飛んできてくれたか、呟きのＵＲＬを踏んだ人たちだろう。

これらの視聴者に加えて、三十分後ぐらいには、チャンネル登録をしてくれている視聴者や、俺のアカウントをフォローしているフォロワーたちも配信がやっていることに気づいて見に来てくれるはず。

「こ、こんにちはー……いや、もうこんばんはの時間帯ですかね……？」

俺はすでに５０００人に達している視聴者たちに向けて挨拶をする。

「昨日宣言した通り、今日はダンジョン配信をやっていきたいと思います。よろしくお願いします……」

〝もうダンジョンにいるの？〟
〝マジで待ってた〟
〝待機してたぞ！〟
〝めっちゃワクワクする！〟
〝見せてくれ‼　神木拓也の真の実力を……！〟
〝探索者です！　今日の配信、参考にさせてもらいます……！〟
〝今日はどこまで潜るんですか？〟
〝もちろんソロですよね？〟
〝武器は何使ってます？〟

「今日はソロで潜っていきます。武器は片手剣です。目標到達階層は、下層の最深部です。頑張ります……！」


〝片手剣！　珍しい武器使ってますね……！〟

〝片手剣軽くない……？　下層のモンスター相手に大丈夫……？〟

〝現役高校生がソロで下層まで潜るのを見られるのか……神配信やん……〟

〝というかちょっと待って。アシスタントとかはいないんですか？〟


「アシスタントはいません……完全にソロでダンジョン探索に挑みます！」


〝いやいやいや。まさか配信しながらモンスターと戦うってこと……？〟

〝スマホからの配信ってなってるけど……まさか片手にスマホ。片手に剣を持ってやるってこと……⁉〟

〝いや無茶苦茶すぎる……www〟

〝普通アシスタントをつけない場合でも、体に固定できるカメラとかを使わない……⁉　片手にスマホ持ちながらダンジョン配信とか聞いたことないんだけど⁉〟

〝危険じゃないのかよ⁉〟

「ご心配ありがとうございます。でも、今までもこれでやってきたので大丈夫だと思います……！」

すでに９０００人を超えた視聴者たちから、スマホを片手にモンスターと戦うのは危険だと心配の声をいただく。

だが、俺は今までもこのスタイルでやってきたし、問題なく下層まで到達できている。

もちろん、危ないと感じるときは何度かあったが、そういうときは別にスマホを一時的にポケットにでもしまってモンスターとの戦闘に集中すればいいだけだ。

とくに危険があるとは思えない。

〝すげぇ……www〟
〝パワープレイすぎる……www〟
〝こんなスタイルの配信初めて見た……斬新すぎるでしょ……www〟
〝早くモンスターと戦うところが見たい！〟

「それじゃあ、待たせてしまうのもアレなので、すぐに探索を開始したいと思います……あ、その前に断っておくと……その、固定器具とか一切使わないので、もしかしたら画面がぶれたりするかもしれないんですが……そこはご了承ください……」

〝了解〟

〝まぁ、しゃーない〟

〝高校生だからね……機材不足は仕方がないね〟

〝未成年はダンジョンからの成果物を換金できないしな……まぁしゃーない〟

〝収益化申請した？　スパチャ投げられるようになったら、機材代ぐらいはスパチャ飛ぶでしょ……！〟

「収益化はおかげさまで申請しました……機材が揃ってない配信で本当にすみません……じゃあ、配信始めていきます……」

同接はすでに1万人を突破している。

〝レッツゴー!!〟

〝いけぇえええええ！！！〟

〝よっしゃ始まった！〟

〝めっちゃ人きてる……！〟

〝モンスターとの戦闘はよ……！〟

「……っ」

俺はかつてない緊張を味わいながら、右手に剣、左手にスマホのいつものダンジョン配信装備で、暗い通路を進んでいく。

『グゲゲ……』

「お、最初のモンスターが出てきました……！　ゴブリンみたいです……！」

ダンジョンの暗い通路を進んでいると、前方から一つの影が近づいてきた。

記念すべき今日初の遭遇となったモンスターはゴブリンだった。

上層のみに出現する、雑魚《ざこ》モンスターの筆頭格である。

探索経験のない大人でも、よほど運動神経が悪くない限りは簡単に倒せるモンスターだ。

〝ゴブリンきちゃ……！〟

〝ゴブリンだ……！〟

〝頑張れ……！〟

〝ゴブリンは勝てるぞ……！〟

〝最初の戦闘は体も鈍ってるし油断しないで……！〟

〝本当に片手で倒せるのか？　ゴブリンって案外すばしっこいぞ……？〟

〝ゴブリンとはいえ、マジで片手でいけんの……？〟


「戦います……！」

こんなところで苦戦している姿なんてもちろん視聴者は望んでいないだろう。

どんなに油断しても絶対に負けることはないモンスターだが、しかしちょっともたついただけでも俺の実力に疑問を抱かせてしまうかもしれない。

さっさと、なるべくスマートに倒してしまおう。

俺は無造作に間合いを詰める。

『グゲ……？』

当たり前だが、ゴブリンは俺の攻撃にも反応できなかった。

俺はゴブリンを倒し終えて、その側を通り過ぎる。

雑魚モンスターは素材ドロップ率が低いし、仮にドロップしても大した値段にはならない。

……まぁそもそも、未成年は国の法律でダンジョンからの成果物を換金することはできないのだが。

ともかくそんな理由で、俺は素材ドロップを確認することもなく、倒したゴブリンの側を通り過ぎて奥へ進もうとする。

「倒しました」

一応そう報告してから探索を続けようとした……のだが。

「……？　どうかしました？」

何やらコメント欄の様子がおかしい。


〝は……？〟

〝今何した？〟

〝え、ゴブリンの横を普通に通り過ぎたんだけど……？〟

〝あれ……？　戦わないの……？　と言うかゴブリンもなんで襲ってこないの……？〟

〝え、何が起きてる……？〟

視聴者が次々に〝何が起きてるのかわからない〟といった旨のコメントを打ってくる。

「ゴブリンなら倒しましたけど？」

〝へ……？〟

〝いや、いつだよ〟

〝倒してないだろ〟

〝見えなかったぞ？〟

〝攻撃してなくね……？〟

〝ゴブリンならまだ後ろに立ってるだろ〟

〝というか、なんでモンスターの横を素通りできるんだ……？　モンスターは人を見たら無条件で襲いかかってくるはずだろ……？〟


視聴者が次々に訳のわからないことを言っている。

あれ、ひょっとして俺の手ぶれがひどくて見えなかった……？

おかしいな。

ちゃんと戦闘の一部始終を撮影していたはずなんだけど。

「ゴブリンなら倒しましたよ……？　ほら」

俺は、背後を振り返り、いまだに殺されたことも理解できずに突っ立ったままのゴブリンをスマホで映した。

『グ……ゲ……!?』

ゴブリンが二、三歩歩いてこちらに近づこうとする。

だがその途中で動きを止めた。

そして次の瞬間、ゴブリンの首がスライドして地面にぼとりと落ちた。

ぶしゅぅううう……

綺麗な切断面から、皮膚《ひふ》と同じ緑色の血が流れ出す。

〝ファッ⁉〟

〝なんですと⁉〟

〝何が起きた⁉〟

〝え……⁉　いきなり首が切断されたんだけど……⁉〟

〝どういうこと⁉〟

〝いつ攻撃したの……⁉〟

視聴者の驚きのコメントがコメント欄に溢れる。

「すれ違うときに攻撃しました。ちゃんと映ってるはずなんですけど……」

〝さっき一瞬手がぶれたと思ったのは攻撃だったの⁉〟

〝速すぎて見えなかったんだが……〟

〝ヤバすぎわろたwww〟

〝リアルお前はもう死んでいるやんwww〟

〝速すぎてゴブリンが自分が死んでたことに気づいてなかったやんwww〟

〝いや、最初っから規格外すぎでしょwww〟


コメント欄が一気にそんなコメントで埋め尽くされる。

どうやら皆、俺がいつ攻撃したのかがわからなかったらしい。

「すみません……スマホのフレームレートだとこれが限界みたいです……ご迷惑をおかけします……」


〝いやそういうことじゃねーよ〟

〝うーん……この天然な感じ……〟

〝自分がどんだけやばいことしてるか全然気づいてなさそう……〟

〝なんか一周回ってサイコみたいに見えてきた……〟

〝フレームレートが追いつかないほど速い攻撃ってなんなんだよ……〟

〝こいつ本当に人間かよ……〟


「……？」

俺、そこまで言われるほど変なことしただろうか。

ゴブリンなんて雑魚《ざこ》の筆頭格だし、ちょっとダンジョン探索経験がある人なら瞬殺できて当たり前だと思うんだが……

「よくわからないんですけど、次はもっと撮り方に気をつけてみますね……スマホのフレームレートに関しては今からではどうしようもないので……とにかく快適な配信を心がけて頑張ります……！」


〝お、おう……頑張れ……〟

〝こいつすげぇな〟

〝自覚のない怪物……〟

〝どこまでいくのか面白くなってきた。このまま自覚のないままどこまでも突き進んでほしい〟

〝なんかアニメでも見てる気分になってきたな〟


なぜかはわからないけど、コメント欄が呆れるようなコメントで埋め尽くされてしまった。

第13話

ゴブリンを倒した俺は、どんどんダンジョンの通路を進み、上層を攻略していく。

上層には基本的に戦闘経験のない大人でも倒せてしまうぐらいの雑魚ばかりが出現する。

繰り返しになるが、そんな雑魚たちに手間取《てまど》っていては、俺の実力が疑われることになるだろう。

俺はとにかく素早く上層の雑魚モンスターを倒すことを心がけながら、上層を中層へと向けて進んでいく。

「スライムはこんな感じで踏みつけて倒していきますね。急所がどこにあるのかわからないので、剣で切るのは非効率です」

ドゴォオオオオン!!!!


〝ファッ⁉〟

〝地面に穴が⁉〟

〝スライムが跡形《あとかた》もなく弾け飛んだんだが⁉〟

〝いやいやいや、オーバーキルすぎるだろwww〟

〝普通の岩よりも硬いと言われるダンジョンの地面が⁉　打撃力どうなってんの⁉〟

現れたスライムを俺はいつも通り、踏んで始末する。

視聴者にも説明したが、スライムは急所がどこにあるのかわからないので、少し強く踏みつけて一気に倒すのがコツなのだ。

俺がスライムを少し強めに踏んで倒したあとにコメント欄を見ると、何やらおかしなことになっていた。

コメントの流れが速い。

何かおかしな出来事でもあっただろうか。

「スライム倒しました。一応討伐報告です…………あの、何かありました？」

〝いやいやいや、スライム一匹相手に何してんの……？〟

〝ダンジョンの地面が破壊されちゃってるけど……？〟

〝攻撃力やばすぎ……www〟

〝下手したらダンジョンが崩落しかねない威力だったぞwww〟

どうやらコメント欄の空気を察するに、スライムごときに力を出しすぎ、ということらしい。

「ち、違うんです！」

俺は弱いと思われたらたまらないため、慌てて弁明する。

「ダンジョン探索経験がない方は実感しにくいかもですが、スライムは弱そうに見えて案外倒すのが面倒なんです。急所が定まってないから……だからこんなふうに地面ごと破壊して倒したほうが効率がいいんです!!」

ダンジョン探索経験がある人なら今の説明でわかってくれるはず。

別に、俺がスライムを恐れて力を出しすぎたわけじゃないことを。

「だから、別に今のが本気とかじゃないです。雑魚相手に本気になってないです。信じてください。今のは自分としてはちょっと強く踏み抜いたぐらいの感覚です……！」


〝いやそういうことじゃないんだがな……〟

〝わかってねぇ……こいつ自分のヤバさをまるでわかってねぇ……〟

〝自分の何がヤバいのわかってない本物のヤバいやつだ……〟

〝今のがちょっと強く踏み抜いたぐらいの感覚……〟

〝末恐ろしい……〟

〝こいつ本当に人間ですか……？〟

「あ、あれ……？　皆さん……？」

しっかりと弁明したつもりなのに、コメント欄の勢いは止まらない。

ちゃんと俺の意図は伝わっただろうか。

コメント欄の流れが速すぎて、読むことができない。

立ち止まって反応を確認したいが……それだと配信のテンポが悪くなるよな。

「さ、先に進みます……」

もしスライム相手に本気を出したと思われたのだとしたら、この先の戦闘で挽回《ばんかい》してやる。俺の主戦場である下層に入ってからが本番だ。

そう思い、俺は挫《くじ》けずに配信を続ける。

「少し探索のスピードを上げますね」

早く、下層での戦闘を皆に見てもらいたい。

そう思い、俺は上層を攻略するスピードを上げた。

上層攻略配信なんて、他のダンジョン配信でも腐るほど見られるからだ。

『ガルルルル……！』

「ダンジョンウルフです……！　そのまま倒します……！」

出現するダンジョンウルフ。

牙《きば》を剥《む》き出しにしながら襲いかかってきたところを、思いっきり右足を振り抜いて俺は倒す。

パァン！！！

ダンジョンウルフは、俺の蹴りを受けて破裂し、壁に潰れたトマトのようにこびりついた。

ちょっと顔に血が跳ねて、ズボンも汚れたけど気にしてられない。

服は洗濯すればいい！

今は配信のほうが大切だ。

〝ファー www〟
〝何今のやばすぎ www〟
〝ダンジョンウルフ破裂した www〟
〝B級ホラーの演出みたいになってる www〟
〝マジでやばすぎ www〟

「先に進みますよ……！」

コメント欄の流れがまた速くなっているが、気にしていられない。

だいぶダンジョンウルフをスマートに倒したつもりだが、まだ足りないということだろうか。

下層にたどり着きさえすれば自分の実力がわかってもらえるはず。

俺は、どんどんスピードを上げて上層を駆け抜ける。

『キチキチキチ……』

ブーーーン
「ダンジョンビーですね……これもすぐに倒します！」

次に現れたのは、ダンジョンに出現する昆虫系のモンスター、ダンジョンビーだ。

地上の蜂《はち》を十倍、二十倍に膨れ上がらせたようなフォルムをしている。

刺されても毒はないのだが、針が太いので下手すると重傷になる。

ダンジョンビーはすばしっこくて、こちらから行こうとしてもなかなか倒せないモンスターだが、
俺はこんなところで立ち止まっていられない。

俺は速度は落とさずに、右手の片手剣をダンジョンビーに目掛けて投擲《とうてき》した。

ザクッ！！！

ドゴォオオオン！！！

「やりました！」

狙い違《たが》わず、ダンジョンビーは投擲された俺の片手剣をまともにくらった。

真っ二つになったダンジョンビーが地面に落ちる。


〝やばすぎwwwww〟

〝剣投げたwww〟

〝片手剣投げつけるとか聞いたことねぇｗｗｗ〟

〝腕のいい弓使いでも空中のダンジョンビー倒すのは至難の業《わざ》だぞ……？　狙撃力どうなってんだ……？〟

〝もう何も言うまい。今はただ、この怪物を見守ろう……〟

「剣を回収します……!!」

俺は、投擲の勢いのままダンジョンの天井に刺さった片手剣を、飛び上がって回収する。

〝ファッ!?　今何メートル飛んだ!?〟

〝いや、跳躍力どうなってんだ!?〟

〝投げた剣がダンジョンの天井に突き刺さるとか見たことねぇｗｗｗ　……ギャグ漫画か何かか……？〟

〝もう戦い方が無茶苦茶だ……〟

〝これ、高跳びの競技に出れば世界獲れるやろこいつ……〟

チラリとコメント欄を確認すれば、また勢いが速くなっている。

どんなコメントが書かれているのか確認したいが、今はとにかく上層を抜けることが重要だ。

俺はその後もこの調子で、コメントを拾ったり無駄な雑談を挟むことなく、上層の雑魚モンスターを瞬殺し続けて、ついに上層を抜けたのだった。

＃　＃　＃

「上層を抜けました……！」

上層を攻略し終えたところで、俺は一旦足を止めて時計を見る。

「大体三十分ですね……いつもより少し時間がかかったかもしれません……」

いつもなら二十分ぐらいで抜けられるんだが、今日は少し時間がかかってしまった。

今日はたくさんの人に見られていることで緊張もあったし、途中ちょっとコメントに気を取られたりもしたからな。

いつものダンジョン配信では、人がいなすぎてコメントに気を取られるなんてこともなかった。

……これは改善点だな。

次はもっと早く上層を攻略できるようにしよう。

「どうでしたか？」


〝いや上層を三十分で攻略はやばすぎ www〟

〝ベテランでも一時間はかかるぞ……？　それを高校生がたった半時間で攻略って……〟

〝なんか現実味がない……アニメでも見ているような気分……〟

〝これ、本当に配信ですよね？　あらかじめ作成してた合成動画を垂れ流す放送じゃないっすよね？〟

〝あんた本当に高校生？〟

〝化け物すぎ〟

〝早く中層、そして下層のモンスターと戦ってるところ見たい〟


コメントをチラリと確認すると、感触はそこまで悪くなさそうだ。

上層を攻略するのに三十分もかかってしまい、思ったより強くはないとがっかりされたかなと思ったが、そんなことはなさそうだ。

嬉しいことに、早く中層、下層に潜るところを見たいというコメントもある。

「お、同接2万人……！」

気づけばずっと増え続けていた同時接続が2万人を突破していた。

コメント欄の上には〝２１５８０人が視聴中〟、との表示がされている。

昨日の最高同接が2万人ジャストぐらいだったから、配信を始めて三十分で昨日の同時接続を超えられたことになる。

〝2万人おめでとう！〟

〝そりゃ超えるわな〟

〝2万人おめ〟

〝むしろ2万人じゃ少なすぎる〟

〝このあともっと増えるぞ、これは〟

〝現在進行形でやばいクリップが拡散されてるぞ……！〟

〝こりゃ切り抜きが乱立するだろうな〟

〝SNSから来ました……！　拡散された動画マジですか⁉〟

〝ゴブリンを、殺されたのかもわからないような速度で倒す配信があるって聞いて来たんですけど⁉〟

〝動画見ました！　ダンジョンの地面破壊した配信者、この人で合ってますか⁉〟


「お祝いありがとうございます。たくさんの方に見ていただけて嬉しいです！」

どうやらコメント欄を確認する限り、現在進行形で俺の探索の様子を切り取ったりして、SNSなどで拡散してくれている視聴者がいるようだ。〝動画見ました！〟〝クリップ見て来ました！〟そう宣言して入ってくる視聴者が多数見られる。

（ありがてぇ……）

自分の配信が切り抜かれ、それが広まることは、チャンネルの成長につながる。

俺は、俺なんかの配信をわざわざ切り抜いて広めてくれる珍しい視聴者に感謝しながら、上向いた気分のままに中層に潜ることを宣言する。

「ではこれから中層に潜ります!!　今日の到達目標は下層の最奥です！　よろしくお願いします!!」

第14話

上層を三十分程度で攻略した俺は、中層の攻略をスタートさせた。

中層に出現するモンスターは、当然ながら上層のモンスターよりも強力だ。

しかし下層に比べるとまだまだ雑魚の部類であり、中層程度なら踏破できる探索者もたくさんいる。

だから俺は中層も上層と同様に時間をかけずに攻略してしまうつもりでいた。

今日俺の配信に集まってくれている視聴者が見たいのは、現役高校生の俺がソロで下層に潜り、強力なモンスターたちを倒すところだろう。

中層で苦戦するようではその他大勢の探索者と変わらず、せっかく集まった視聴者も離れてしまう。

「中層もなるべく早く踏破したいと思います」

俺は2万3000、2万4000とどんどん増えていく同接数を見ながら、足の速度を緩めず、中層を駆け抜けていく。

もちろん左手に持ったスマホだけはブレないように気をつけながら……

『ブモォオオオオ……！』

速い速度でダンジョンの通路を走っているため、モンスターとの会敵《かいてき》もいきなりだ。

鳴き声とともに前方の暗闇から現れたのは、オーク。

中層から下層にかけて出現するモンスターであり、豚の頭と分厚い脂肪に包まれた肉体が特徴である。

〝オーク来た……！〟

〝中層で初めての戦闘……！〟

〝どうなる……？　これも瞬殺なのか……？〟

〝いや、流石にオーク瞬殺は無理だろ〟

〝流石に中層のモンスターを瞬殺は無理だな。上層のモンスターとは生命力が違いすぎる〟

〝スマホ持ちながら中層のモンスターを相手できるのか？〟

〝両手で万全な状態で戦ったほうがいいんじゃ……？　ベテランでも油断してるとオークに負けることがあるぞ〟


モンスターとの会敵でコメント欄の流れが一気に速くなる。

俺はしっかりと画角の中に目の前のオークが収まっていることを確認しながら、片手剣を構えてオークと対峙する。

「オークが一匹。すぐに倒します」

俺はそう宣言して、地面を蹴った。

『ブモォオオオ……！』

そして咆哮するオークの体の中心に向かって片手剣を突き出した。

ズボッ！！！

確かな感触。

腕ごとオークの分厚い肉体にめり込み、剣の先が確かにオークの体の奥にある急所を捉えているのを感じた。

『ブ……モォオオ……』

オークの目から光が消えて、力ない鳴き声とともに地面に倒れ伏す。

「やりました」

オークを一撃のもとに葬《ほうむ》り去った俺は、討伐報告をする。

〝ファーwww〟

〝オークを瞬殺www〟

〝マジかよwww　中層のモンスターも瞬殺できるのかよwww〟

〝ベテランでも体を覆う脂肪が分厚すぎて、防御力の高いオークを瞬殺とか無理だぞ⁉　攻撃の貫通力いかれてるだろ⁉〟

〝はい、切り抜いて拡散しまーす笑〟

〝クリップクリップと……いやぁ、素材に事欠かないねぇ、この配信〟

〝速報、神木拓也、上層だけでなく中層のモンスターも瞬殺、と〟

ちらっとコメント欄を見てみると、また流れが速くなって滝のようになっている。

上層では配信のテンポを気にしてコメントはほとんど拾わなかったが、流石にこの辺から少しずつコメントを拾っていくか。

そう思い、俺は流れの速いコメントからなんとか一つを拾い上げる。

〝素人《しろうと》で申し訳ないんですけど、オークは分厚い脂肪が肉の壁となってかなり防御力が高く、倒すのは難しいと聞いています。そんなオークをどうやって一撃で倒したんですか？〟

「えっと……どうやってオークを一撃で倒したのかってことなんですけど……一言で言えば急所を狙ったんです。モンスターにはそれぞれ、そこに大きなダメージを与えると一撃で絶命する場所ってのがあって……そこを狙ったんです」

〝いや、そんぐらいわかる〟
〝質問者の意図はそこじゃねぇだろ〟
〝なんで分厚い脂肪を貫通できたんですかって、聞きたいんだろ？〟
〝だめだこいつ……感覚が一般探索者とかけ離れてる……〟
〝やっぱ自分がおかしいことしてるのに気づいてないんだ……〟

「そ、そういう意味でしたか……すみません……えーっと、オークの脂肪を貫通させる方法は……なんだろう？　こう、おりゃっ!!　ってやるみたいな？」

〝は？〟

〝おいおい……〟

〝またそれかよ笑〟

「気合いを入れるっていうか……思いっきり一点突破！　みたいな……これで伝わります？」

〝伝わるわけねぇだろ〟

〝だめだこいつ……早くなんとかしないと……〟

〝こんな埒外《らちがい》の天才に聞いた俺たちがバカだった……〟

〝だめだ。やっぱ参考にならねぇ……笑〟

〝感覚的すぎる……気合いで一点突破って、大雑把《おおざっぱ》すぎるだろ……〟

「さ、先に進みますね……」

なんだかコメント欄に呆れるようなコメントが溢れだしたので、俺はこれ以上この会話を引っ張ってもいいことないと判断して先に進むことにする。

2万8000人……2万9000人……

そうこうしている間にも、同接はどんどん増えていく。

（あ、あれ……？　想定と違うぞ……？　こんなに人が来るなんて予想外だ……）

昨日集まった2万人の視聴者。

その半分でも今日の配信に来てくれれば御《おん》の字《じ》だと考えていたのだが、まさか昨日の同接を大幅に超えることになろうとは思わなかった。

しかもまだ俺のメインの戦場である下層に踏み込んですらいない。

(何が起こってるんだ……)

予想外の大盛況に俺は困惑しながらも、とにかく見てくれる視聴者を満足させようと、気合いを入れ直す。


『グォオオオオ……！』

次に会敵したモンスターは、体長五メートルを超える巨大グマだった。

「ダンジョンベアーですね。一匹のようです。倒します」

ダンジョンベアー。

地上のクマよりもデカく強力で、そして素早いモンスターである。

『グォオオオオ……！！！』

中層最強格と言われるダンジョンベアー。

口から覗く長い牙から涎《よだれ》を滴《したた》らせ、俺目掛けて巨体に似合わぬ素早い速度で突進してくる。

〝ダンジョンベアーだ‼〟

〝中層最強格だぞ⁉　大丈夫か⁉〟

〝流石に両手で戦ったほうがいいんじゃ……〟

〝まぁ、オーい、無理すんなー？〟

〝まぁ、オーガに勝ったわけだからダンジョンベアーには負けないと思うが……スマホ持ちながらで大丈夫か？〟

〝流石にダンジョンベアーの瞬殺は無理だろ……とか言いつつ期待しちゃってる俺がいるけど〟

〝もう切り抜き準備完了してます。やっちゃってください神木さん〟


モンスターとの邂逅《かいこう》で勢いが速くなるコメント欄。

俺は突進してくるダンジョンベアーに向かって、素早く迎撃の態勢を整えた。

ダンジョンベアーの攻撃は主に、長い爪の生え揃った前足による攻撃。当たれば一般人なら体が二つに引き裂かれるほどの威力がある。

鍛えた探索者だってまともにくらえば無傷では済まされない。

何が言いたいかというと、前足の攻撃範囲に入るぐらいまで近づかせるのは得策じゃないということだ。

「はっ……！」

俺はしっかりとダンジョンベアーが画角に収まっていることを確認しながら、一旦カメラを利き手の右手に持ち替え、左手に持ち直した片手剣を思いっきり振った。

斬《ざん》ッ!!

空気を切り裂く鋭い音とともに、斬撃が生まれた。

『ガァアアアアア!?』

片手剣の先から生まれた斬撃が飛来し、こちらに迫りつつあったダンジョンベアーに直撃した。攻撃をまともに胸のあたりにくらったダンジョンベアーは、痛そうな悲鳴をあげて背を向け、よろよろと逃げ始める。

〝はぁあああ!?〟
〝なんですと!?〟
〝今何した!?〟
〝なんか飛んだ!! 今剣の先からなんか飛んだ!!!〟
〝明らかに片手剣のリーチに入ってなかったよな!? どうやって攻撃当てたんだ!?〟
〝俺たちの見えない速度で接近して戻ってきたのか……? そんなことってある……?〟

「追撃します」

俺は逃げるダンジョンベアーにそのまま追撃の一撃を加える。

斬ッ！！！

『グォ……ォオオオ……』

背後からトドメの一撃をくらったダンジョンベアーは、力ない鳴き声とともに地面に倒れ、今度こそ絶命する。

「ダンジョンベアー一匹。討伐完了です」

俺は討伐報告をしてコメント欄を確認する。

〝いやいやいやいや⁉〟
〝説明求む‼　何が起きても驚かないと思ったが今のは絶対におかしい！〟
〝物理法則どこいった⁉〟
〝今何したの⁉　明らかに片手剣のリーチが足りてなかったよね⁉〟

コメント欄が、一体どうやってダンジョンベアーを倒したのか、その説明を求める声で溢れ返っている。

別に難しいことは何一つしていないので、俺は正直に答える。

「斬撃を飛ばしました」

〝は……？〟

〝はい……？〟

〝なんですと……？〟

「ダンジョンベアーに向かって斬撃を飛ばしました」

〝…………〟

「あれ……？」

一瞬時が止まったようにコメント欄に何も流れなくなった。

「おかしいな……フリーズした……？」

俺はスマホの画面をタップして確認するが、サイトが停止したわけではなさそうだ。

なんで誰もコメントを打たなくなったんだろう。

〝いや意味わかんねぇよ〟

〝斬撃飛ばすってなんだよ……〟

〝漫画じゃねーんだから……〟

しばらくしてコメントが再び流れだした。

良かった。回線が重いのか、もしかしたら端末が故障したかと心配したところだった。

〝斬撃ってどうやって飛ばすんだよ〟

〝剣の先から何か出たように見えたの、やっぱり気のせいじゃなかったのかよ〟

〝おい、流石に説明求む。今のエフェクト使ったわけじゃないよね……？〟

「斬撃の出し方ですか？」

コメント欄を見るに、どうやら皆斬撃の出し方が疑問だったようだ。

「別に簡単ですよ。剣を速く動かすんです」

〝…………〟

「こう……なんて言うのかな……ビュッ‼　って感じですビュッって……」

〝…………〟

「伝わりましたか？」

〝…………〟

「おーい」

〝…………〟

おかしいな。またしてもコメント欄が沈黙して流れなくなったぞ。

俺がもしかしたら今日はサイトの調子が悪いのかもしれないと疑っていると、ポツリと一個だけコメントが上から流れてきた。

〝探索者を極めた連中が、瞬間移動みたいな速さで動いたり、地面を蹴って宙に浮いたり、拳《こぶし》から衝撃波を発生させたりすることがあるっていう……あれ、迷信とかじゃなくてマジだったんだな……〟

第15話

〝もう何も言うまい……〟

〝いやぁ、すごすぎて切り抜きすることすら忘れてた……〟

〝片手に持ったスマホで撮影とか……他のダンジョン配信者に比べて配信環境が圧倒的に劣ってるのに一番ワクワクしている自分がいる……〟

〝こうなってくると下層のモンスターにどこまでやれるのか見てみたいな……〟

〝まさか下層のモンスターも片手でバッタバッタ薙ぎ倒すのか……？〟


一瞬何も流れなくなったように見えたコメント欄だったが、時間が経つとまた復活した。

一体あの間《ま》はなんだったのだろう。

疑問に思いつつも俺は中層の攻略を進め、とうとう中層を踏破した。

かかった時間は約一時間。

いつもと大体変わらないタイムである。

「中層踏破しました……かかった時間は大体一時間ぐらいですね」

〝中層攻略に一時間……〟

〝ベテランがパーティー組んでようやく二時間ぐらいというところをソロで一時間……〟

〝はっや……もう下層の一歩手前かよ〟

〝上層と変わらずほとんどモンスターは瞬殺だったからな……こりゃもしかすると下層でも同じことが起こるんじゃ……？〟

〝いろんな場所ですでにこの配信の切り抜きが出回ってるけど、あまりに常識外れすぎて創作動画と思われてるのマジで草なんよ〟

〝つかもう少しで同接4万人いきそうじゃね……？〟


「……うわ、同接3万8000人……本当にありがとうございます……」

目を離した隙にいつの間にか同時接続も3万人を突破して、4万人に近づきつつあった。

「この配信を切り抜いて拡散してくれている方、本当にありがとうございます。自分の配信は実質著作権フリーみたいな感じにしようと思ってるので、どんどん切り抜いてもらって構いません」


〝よっしゃぁあああ！！！〟

〝言質《げんち》とったぞ！〟

〝ここもしっかり切り切り抜こ笑〟

〝マジかよ……切り抜きの話にするのか……〟

〝これ、神木拓也の切り抜き切り抜きチャンネルめっちゃ増殖するぞ〟

〝よし、俺も今日から切り抜き切り抜き師になろ〟

〝この配信の切り抜きとかほぼ伸びること確定してるからな。大勢参戦するだろうな〟


切り抜きは新規視聴者獲得の導線だからな。

配信者によっては自分の配信を切り抜くことを禁止していたり、切り抜きから上がった広告収益の半分をもらう代わりに許可を出したりといった形を取っているのだが、俺は切り抜きに関しては完全にフリーにしようと思っている。

切り抜きを禁止したり、広告収益の一部をもらったりすることは考えていない。

俺なんかの配信を見てくれて、見どころをわざわざ切り抜いてくれて広めてくれるだけでも十分チャンネルに貢献してもらっててありがたいことだからな。

〝桐谷奏：今から下層に潜るの⁉　頑張って！　神木くん！〟
〝ファッ⁉　桐谷奏⁉〟
〝やばい、桐谷奏降臨した……！〟

〝奏ちゃんもよう見とる〟

〝奏ちゃんきちゃああああ！！！〟

〝桐谷奏いる……！〟

〝コメント欄に桐谷奏おるやん……！〟

〝偽物かと思ったら本物かよ!!〟

〝チャンネルに飛んだらしっかり登録者200万人超えてて本物で草なんよｗｗｗ〟


「え……何……？　なんですか……？」

これから下層に潜ろうとしたタイミングで、コメント欄がざわつき始めた。


〝桐谷奏がコメント欄来てるぞ〟

〝桐谷奏がいるぞ〟


「え、マジ……？」

どうやら桐谷が俺の配信を見に来ているみたいだ。

〝桐谷奏：神木くん！　下層は危険だから気をつけてね。まぁ、神木くんなら余程のことがない限り大丈夫だと思うけど〟


「あ……！」

見つけた。

桐谷奏の名前でコメントを打っているユーザーを発見した。

試しにチャンネルを確認したところ、登録者２００万人超えの数字が目に入り、まごうことなき本物と確認。

まさか桐谷が俺の配信を見に来てくれるとは……

「あ、あの……あ、あ……」

やばい。

突然のことで混乱してコミュ障みたいになってしまった。


〝いや落ち着けよ……笑〟

〝緊張しすぎ……www〟

〝さっきまでモンスターバッタバッタ薙ぎ倒してた人がめっちゃ困ってるのなんか面白い……笑〟

〝いやさっきまでの強者の雰囲気どこだよ〟

〝えー、この人が上層を三十分、中層を一時間でソロで踏破しました……笑〟

「き、桐谷さん……俺なんかの配信に来てくれてありがとうございます……」

俺はひとまずお礼を言う。

すぐに桐谷からコメント欄で返信があった。

〝**桐谷奏：中層攻略の途中から見てたけど、神木くんやっぱりめっちゃ強いね……！　応援してます……！**〟

「あ、ありがとうございます……これから下層に潜るのでよろしくお願いします……」

〝**桐谷奏：下層攻略ファイト……！　私ももっと探索者としての実力を底上げしたいな……神木くんとコラボとかして間近で技術を学べたら上達しそう……ω・)ﾁﾗω・)ﾁﾗ**〟

「え、こ、コラボ……!?」

何言ってんだ桐谷!?　コラボの話はまずいんじゃ……!?

〝**コラボのお誘い来ちゃぁああああ！！！**〟

〝見たい‼　2人の絡みがもっと見たい！〟
〝桐谷奏と神木拓也のコラボダンジョン配信、激アツですわ‼〟
〝速報！　桐谷奏が神木拓也にコラボのお誘い！〟

桐谷がコメントでコラボの誘いを匂わせるようなことを言ったせいで、コメント欄が一気に速くなる。
ほとんどのコメントが、桐谷と俺のコラボを歓迎し、見たいと応援するコメントなのだが、中には不穏《ふおん》なコメントもちらほら……

〝え……奏ちゃん、嘘だよね……？〟
〝奏ちゃん、冗談で言ったんでしょ？〟
〝奏ちゃん、男とコラボするの？〟
〝奏ちゃんは自分の配信に集中したほうがいいよ〟
〝奏ちゃんは今のままでも十分強いと思う〟

やっべぇ……ユニコーンさんたちがかなり刺激されちゃってる……
明らかに俺と桐谷奏のコラボをよく思っていなさそうなコメントが、少数派ではあるものの、散見される。

俺じゃなく桐谷から言いだしたことなので、まだ俺に対する暴言のようなコメントは見られないが、これが俺から桐谷への誘いとかだったらきっと燃えてただろうな。


〝お前何様だよ〟

〝ポッと出がしゃしゃるな〟

〝桐谷人気のおかげで打ち上がっただけのやつが何偉そうにコラボ誘ってんだ？〟

〝流石に調子に乗りすぎでは？〟

〝お前なんて数ヶ月後には誰も見てない過疎配信者だぞ？〟

〝自分の立場わかってる？〟


そんなコメントで埋め尽くされる光景が目に浮かぶようだ。

「え、えっと……もしコラボの誘いとかでしたら……めっちゃ光栄ですし、ぜひ前向きに考えさせてください……そ、それじゃあ、下層へレッツゴー……」

これ以上ここでコラボの話をするのはまずい。

そう考えて、俺は早めに話を切り上げて下層の探索を開始した。

＃
＃
＃

〝マジで高校生が1人で下層に潜るのな〟

〝やべぇ、当事者じゃないのにめっちゃ緊張する……〟

〝頑張れ……〟

〝死ぬところ見たくない……まぁオーガ瞬殺できる実力があるから大丈夫だと思うけど……〟

〝流石にスマホ片手に下層攻略はきついんじゃないか……？　ダンジョン配信者でたまにある、モンスターに惨殺《ざんさつ》される事故配信にならなきゃいいけど……〟

〝神木拓也に限って死亡配信にはならないだろうが……流石にソロでしかもスマホ片手に片手剣のみで下層に挑むのは……〟

〝どうなるんだ……？〟

〝切り抜き班すでに待機済みです！　いつでもやっちゃってください神木さん……！〟

〝桐谷奏：頑張って神木くん……〟


下層に入った途端に、一気にコメント欄の質が変わる。

それまでは軽いノリのコメントが多かったのだが、一気に俺を心配するような緊張感あるコメント欄になってしまった。

それもそのはず、下層は上層や中層とは一線を画《かく》す。

モンスターの強さも出現頻度も、これまでとは比べ物にならないくらいに上がるのだ。

「……っ」

（大丈夫だ……落ち着け……いつも通り……）

俺は深呼吸をして自分にそう言い聞かせる。

これまでのダンジョン配信で、下層で苦戦したのは数えるほどしかない。

それも初期のことで、ダンジョンに潜り始めて一年が経過した頃には、下層でもほとんど苦戦することはなくなった。

大丈夫。

いつも通りやれば、下層のモンスターも俺の敵ではないはずだ。

（同接やばいな……）

チラリと同接を見れば、桐谷効果もあってかすでに同時接続は4万人を突破していた。


〝こ、こんなときだけど4万人おめ……〟

〝いや4万人行ったけどそれどころじゃねぇwww〟

〝やべー、こっちまで緊張する。手に汗握ってきた……〟

〝頑張れー……マジで応援してるぞ……〟

〝応援スパチャ投げようと思ったけど、まだ収益化申請通ってないのか……〟

〝俺たちには見守ることしかできない……マジで頑張ってくれ……〟


コメント欄に応援されながら、俺は一気に空気の変わった暗い下層の通路を慎重に進んでいく。

「あ、来ます……」

前方から気配を感じた。

俺は片手剣を構え、スマホで前方を撮影しながら足を止めた。

『オガァア……』


〝オーガ来たぁあああああ！！！〟

〝まさかのオーガかよ⁉〟

〝ここでオーガ来るのかよ⁉〟

〝いやオーガかい！！！〟

〝なんかちょっと安心した……一回倒してるからかな……〟

〝いやいやお前らオーガって下層最強格だからな……？〟

果たして暗闇の向こうからぬっと現れたのは、下層最強格のモンスター、オーガだった。

『オガァアアア……！』

俺の姿を認めたオーガは、怒り狂ったように咆哮してこちらに向かって進んでくる。

〝桐谷奏：うっ……トラウマが……〟

チラリとコメント欄を見れば、桐谷のそんなコメントが目に入った。

〝いや、奏ちゃんトラウマ刺激されてて草〟

〝奏ちゃん大丈夫？　辛いなら見ないほうが……〟

〝神木……！　オーガなんてまた瞬殺してくれ……！〟

〝桐谷奏この間のこと思い出してるやん〟

どうやら桐谷はオーガを見て二日前に死にかけたときのことを思い出してしまったらしい。

「オーガ一匹と会敵……倒します……！」

俺はそう宣言し、こちらに近づいてくるオーガと対峙する。

〝いやそこは『桐谷安心しろ！　こいつは俺が倒す！』だろ！〟

〝いや、『大丈夫だ桐谷。こいつは俺が倒すキリッ』……じゃなかったか？〟

〝大丈夫だ桐谷！　こいつは俺が倒す!!〟

〝やっちゃってください神木さん！〟

〝よっ……桐谷を助けた救世主！〟

〝大丈夫だ桐谷!!　こいつは俺が瞬殺する……！！！〟


「ちょ、からかわないでもらっていいですか!?」

『オガァアアアアア!?』

「おわっ!?」

コメント欄に俺の桐谷を助けたときの恥ずかしいセリフを書かれて顔が熱くなっていると、オーガが巨腕による攻撃を繰り出してきた。

俺は間一髪のところで避ける。


〝いやコメ欄見てないで戦闘に集中しろ!?〟

いやおっしゃる通りです。

「た、戦います……！」

コメント欄にお叱りを受けた俺は、気を取り直してオーガと向かい合う……

第16話

「はぁ、はぁ……オーガ、討伐しました……」

数分後。

そこには絶命し、地面に倒れ伏したオーガと、肩で息をする俺の姿があった。

〝す、すげぇ……〟

〝圧倒的だ……〟

〝片手だったから瞬殺じゃなかったけど……でも実力の差ははっきりしてたな……〟

〝下層最強格のオーガを配信しながら片手間に討伐www〟

〝うぉおおお！！！　神木拓也最強！　神木拓也最強！　神木拓也最強！〟

〝切り抜きポイントはここですか？〟

〝えー、切り抜き班です。今のところ、しっかり切り抜いて拡散させてもらいますね？〟

コメント欄には俺を絶賛するコメントが溢れる。

下層最強格のオーガを現役高校生の俺がソロで倒したことで、視聴者たちが熱狂しコメントが滝のように流れる。

きっと切り抜き班の人たちが俺とオーガとの戦闘を切り抜いて拡散してくれていることだろう。

「本当ならもっと簡単に倒せたんですけどね……？」

ようやく息の整ってきた俺は、少し恨みがましくコメント欄を睨みつける。

『大丈夫だ桐谷。こいつは俺が倒す』

そんな、二日前に桐谷を助けたときについ俺がその場の雰囲気で言ってしまった恥ずかしいセリフが戦闘中コメント欄に飛び交っていたせいで、オーガとの戦闘に集中できなかった。

……いや、そんなの言い訳でしかないと言われたらそれまでなんだけど、もう少し視聴者も配信者に対して協力的でも俺はいいと思うんだ。


〝お？　なんだ？　『大丈夫だ桐谷。こいつは俺が倒す』がそんなに効いちゃったのか？〟

〝いやー、あのときはマジでかっこ良かったっす神木先輩〟

〝そうそう。ヒロインを助けるときの漫画の主人公みたいでしたよ？〟

〝もう一回『大丈夫だ桐谷。こいつは俺が倒す』もらってもいいですか？　できればイケボふうで〟


「〜〜〜っ……か、勘弁してくださいマジで……」

震える声で俺は抵抗する。

確認しなくても自分の顔が真っ赤なのがわかる。

俺、まじでなんであんなこと言っちゃったんだろ……

できることならもう一回時間を巻き戻してやり直したい。つか、バズってまだ二日目なんだが、俺すでにいじられキャラみたいなのが確立してないか……？　普通に嫌なんだが。

黙々と下層に潜り、強いモンスターと戦ってダンジョン攻略する真面目系実力派ダンジョン配信者路線でいきたかったんだが……


〝桐谷奏：お、落ち込まないで神木くん！　あのときの神木くんはかっこ良かったよ⁉〟

〝お、良かったな神木。言われてるぞ？〟

〝奏ちゃんのカバー入りました〜〟

〝奏ちゃん優しい……〟

〝良かったな神木。あのときのお前、かっこ良かったらしいぞ？〟

〝あの場面であんなこと言われたら、俺が女だったらお前に惚れてるぜ神木！〟

「……っ……あ、ありがとうございます桐谷さん……」

やめてくれ桐谷。

カバーしているつもりなんだろうが、トドメ刺しに来てるからそれ。


〝奏ちゃん配信しないの？〟

〝そろそろ奏ちゃんの配信が見たいな〟

〝奏ちゃんわりとすぐにかっこいいとか可愛いとか言うよね。美徳だと思うけど、勘違いする人が出るから良くないと思う〟

〝この2人の絡みは正直あんまり好きじゃないかな笑〟

〝奏ちゃん、あんまり人の配信に長く居座ると迷惑だよ？　自分の配信つけてほしいな〟


あと、桐谷。

あんまりそういう「かっこいい」とか勘違いされそうなコメントは控えてくれると……

今パッと見ただけでも、かなり怒ってらっしゃるお前のユニコーンさんたちのコメントがちらほら……

「そ、それじゃあ、先に進みたいと思いまーす……」

なんだか俺をからかうコメント、オーガ討伐を純粋に祝うコメント、切り抜き班の切り抜き報告、桐谷のユニコーンたちの明らかに苛立《いらだ》っているコメントなどが入り混じってコメント欄がカオスな雰囲気になってきた。

俺はとにかく流れを変えようと、すぐにダンジョン探索を再開する。

カランカラン……

「ん？」

歩きだしたところで、ふと足に何かが当たり、俺は足を止める。

足元に、長い牙のようなものが落ちていた。

「なんだこれ」

俺はすでにダンジョンの地面に吸収されたオーガの死体があった場所に落ちていたそれを拾い上げる。

〝あっ……それは……！〟

〝まさか……！〟

俺が拾い上げたそれをしげしげと眺めていると、コメント欄がざわつき始めた。

〝レアドロップアイテム、オーガの牙じゃね⁉〟

〝オーガの牙や……！　レアアイテムの……！〟

〝すげぇ、オーガの牙がドロップしたところ初めて見た……！〟

「え……これ、珍しいドロップアイテムなんですか？」

ダンジョンのモンスターは倒すとドロップアイテムを落とすことがある。

ダンジョンで死んだモンスターは通常、時間が経つとダンジョンの地面に吸収されるのだが、たまに吸収されずに体の一部がそのまま残ったりする。

それらはドロップアイテムと呼ばれ、武器や防具の素材になったりするのだ。

〝めちゃくちゃレアだぞ⁉　見たことないのか⁉〟

〝換金すればまず50万は堅いぞ‼〟

〝武器の素材とかに使われる最高級のドロップアイテムですぞ⁉　神木氏⁉〟

〝オーガの牙がドロップするとかめっちゃラッキーじゃん。持ってるなぁ〟

視聴者が次々にコメントでオーガの牙の情報を教えてくれる。

それによるとオーガの牙は武器の素材などに使われるドロップアイテムで、相場は一本50万円とかするらしい。

「へー、そうなんですね。まぁ、捨てるんですけど」

俺はポイっとオーガの牙をその辺に投げた。

〝ファッ!?〟

〝いやいや何してんの!?〟

〝なぜ捨てた!?〟

〝俺たちの話聞いてた!?　それめちゃくちゃレアなドロップアイテムぞ!?〟

「いや、だって俺……未成年だからダンジョンの成果物換金できないですし……」

〝あっ……〟

〝そうだった……〟

〝あ〟

〝あ〟

〝あぁ……〟

大量の〝あ〟がコメント欄に並ぶ。

そうなのだ。俺は未成年で国の定める法律によりダンジョンからの成果物を換金することができない。

これは国が、未成年のダンジョンでの死亡率を増やさないために取った策だと言われている。

未成年がダンジョンからの成果物を隠れて地上に持ち出そうとしても、ダンジョンに出入りするときの検査で見つかれば、逮捕されてしまう。

そうなれば俺はたちまち炎上し、学校とかも退学になるかもしれない。

だから若干名残惜《なごりお》しいけど、これはここに捨てておかないと。


〝もったいねぇ……〟

〝嘘だろ、売れば50万のアイテムが……〟

〝実質札束を投げたようなもん……〟

〝なんでだ……自分のものじゃないのにめっちゃ喪失感があるんだが……〟

〝うぉおおおおお……俺の二ヶ月分の給料が投げ捨てられたぁああああああ〟

〝国はなんて愚《おろ》かな法律を……〟

〝神木拓也は大人探索者より強いから例外にしてくれぇええ〟

〝まぁしゃーない。そうでもしないと一攫千金を狙った夢見がちな未成年の探索者がダンジョンに潜って死にまくるからな〟

「というわけで、アイテムはここに置いてそのまま攻略を続けます」

俺が時価数十万円のレアドロップアイテムを捨てたことで、コメント欄は阿鼻叫喚《あびきょうかん》に包まれる。

でも仕方ない。警察のお世話になるわけにはいかない。

それにぶっちゃけ、素材で金を稼ぐことよりもこうして大勢に見てもらえることのほうが俺にとっては嬉しいし。50万をドブに捨てたとしてもあまり失った感はない。

……なぜか当事者の俺よりも視聴者のほうがダメージ受けているようだが。

〝桐谷奏：わかるよ、神木くんその気持ち。頑張ってモンスター倒してドロップさせたのにすごくもどかしいよね……〟

どうやら同じような経験をしたことがありそうな桐谷が、そんな悲愴《ひそう》なコメントをする。

というか桐谷、お前今日自分の配信はやらないのな。おかげでいつもこの時間に桐谷を見ている視聴者の一部が確実に俺の配信に流れてきている。

……その証拠に今、同接５万人突破したし。

〝あ、5万いった〟

〝すげぇ、同接5万人突破!!〟

〝5万人突破おめ……!〟

〝いやもう数字だけ見れば完全に大手配信者じゃん……!〟

〝これワンチャン桐谷超えあるんじゃ……〟


同接が5万人を突破したことでお祝いコメントがコメント欄に溢れる。

中には俺が桐谷を超える配信者になるのでは、という声も。

いや、流石にそれはないと思うが、こうなってくるとやれるところまでやってみたいという気もしてくる。

〝桐谷奏：すごいたくさんの人が見てるね……!　神木くん頑張って!!〟

あと、当の桐谷は同接の比較とかあまり気にならないのか、めちゃくちゃ無邪気なコメント打ってる。

やっぱ桐谷いいやつ。

＃　＃　＃

『フシィイイイイ！！！！』

「来ました！　えーっとあれは……ジャイアントスパイダーみたいですね……倒します……！」

オーガを倒したあとも俺は下層攻略を続ける。

視聴者のからかいコメントに気を惑わされて俺にしては少し手こずったオーガとの戦闘だったが、その後は慣れもあってかなりスムーズに攻略を進められた。

だんだんといつもの調子を取り戻してきている。

５万人を超える大勢の視聴者に見られているため、まだ若干の緊張はあるが、誰も見ていない画面に向かってただひたすら独り言を喋りながら下層を攻略していたあのときの感覚を俺は取り戻しつつあった。

虚しさってある地点を通り越すと無になるんやなって……

いや、今はそんな話は置いておくとして。

〝ジャイアントスパイダーきちゃ……！〟

〝うわ、でっか‼　きっも‼〟

〝地上の毒蜘蛛《どくぐも》を何百倍にも膨らませた感じか……〟

〝当たり前だけど下層のモンスターってやっぱやベーやつしかいないわ……〟

〝こいつもオーガと並んで下層の最強格だろ？　油断してるとやばいんじゃ……？〟

〝いや、俺は神木拓也ならやってくれると信じてるぜ……！〟

〝やっちゃってください神木さん！　すでに切り抜き準備はできてます！　いつでもＯＫです！〟


下層に入ってから大体半時間ぐらいが経過しただろうか。

現在会敵し、戦っているのはジャイアントスパイダー。

大きさは全長八メートルを超えて、オーガと並び下層最強格のモンスターだ。

特徴は、糸吐き攻撃。

くらうとかなりまずい……らしい。

『フシャァアアアア……シッ……シッ！』

「おっと」

呑気に戦闘開始の宣言なんてしていると、早速ジャイアントスパイダーによる糸吐き攻撃をくらってしまった。

口から吐き出された網目状の糸が、俺の体を絡め取り、ダンジョンの壁へと張り付ける。

〝ファッ⁉　やばくね⁉〟

〝まずい神木拓也が初めて攻撃くらった……！〟

〝これはピンチでは⁉〟

〝まずいまずいまずい⁉〟

〝嘘だろ神木拓也⁉　それ大丈夫なのか⁉〟

〝軍用に使われることもあるジャイアントスパイダーの糸だぞ……⁉　マジで大丈夫なのか⁉〟

〝ベテラン曰《いわ》く、ジャイアントスパイダーの糸吐きくらったらソロなら終わりだって……〟

〝お願い死なないで神木拓也！　お前がここで死んじゃったら、桐谷とのコラボ配信の約束はどうなっちゃうんだ⁉〟

〝次回、神木拓也死す……〟

〝いや、ふざけてる場合ちゃうて……マジでやばいってこれ……〟

〝初日にして死んじまうのか……？　嘘だよな拓也……？〟


何やらコメント欄が騒がしい。

どうやらうっかり糸吐き攻撃をくらったことで、視聴者は俺が窮地《きゅうち》に陥ったんじゃないかと思っているらしい。

〝死なないで〟〝頑張れ〟といったコメントが一気に流れる。

〝桐谷奏：神木くん、絶対に死なないでお願い！〟

ガチなのか冗談なのかわからない桐谷のコメントまで見えた。

俺は咄嗟に配信者のサガで、そのコメントに悪ノリしてしまう。

「大丈夫だ桐谷。こいつは俺が倒す」

バキバキバキバキバキ……!!

『フシッ⁉』

俺は自分の体を絡め取っている粘着性のジャイアントスパイダーの糸を、ダンジョンの壁ごと無理やり引き剥がす。

そしててっきり獲物を捕らえたと思って悠々《ゆうゆう》と近づいてきていたジャイアントスパイダーに、真正面から片手剣による斬撃を叩き込んだ。

「おりゃ！」

斬ッ！！！

『シッ……』

ジャイアントスパイダーが、短い悲鳴とともに真っ二つになって絶命した。

第17話

〝ファー⁉　wwwwww〟
〝無理やり引きちぎったwww〟
〝やばすぎwww〟
〝いや化け物すぎだろ俺たちの心配返せ〟
〝えー、この人、人間辞めてます笑〟
〝切り抜きポイントごちです‼〟
〝流石っす神木さん。開いた口が塞がらねっす笑〟
〝軍用にもなってるジャイアントスパイダーの糸壁ごと引きちぎったwww〟
〝力業すぎるwww〟
〝その後に一撃で仕留めたのもやばすぎだろwww〟

コメント欄が一気に滝のように流れる。
俺がジャイアントスパイダーの糸に絡め取られて心配するコメントで埋め尽くされていたのから

一転、今度は俺が難なくジャイアントスパイダーを倒したことへの驚きのコメントで溢れ返る。

〝桐谷奏：す、すごー⁉　神木くん強すぎるよ⁉〟

視聴者に紛れて桐谷のそんなコメントも見える。

「心配してくれたみたいですみません。でも……俺あれぐらいでは死なないので」

〝カッケェ……〟

〝俺、あれぐらいでは死なないので、か……一度は言ってみたいセリフだな……〟

〝そこんじょそこらの探索者が言ったらイキリにしか聞こえないけど、実力が伴ってるから何も言えねぇ……〟

〝これは二つ目の名言出たねぇ……〟

〝神木拓也語録として流行らせようぜ。もちろん『大丈夫だ桐谷。こいつは俺が倒す』も加えてな〟

〝これから掲示板とかでめっちゃ使われそう笑笑〟

「ちょ、ネタにするのやめてもらっていいですか⁉」

まずい。

大丈夫だ桐谷、に続いてまたネタになるようなことを言ってしまった。

……いや、俺としては別にイキったとかじゃなくて単に心配させてしまって申し訳なかったから言っただけなのだが。

……なんかどんどん俺の方向性がネタキャラダンジョン配信者で固まっていっている気がするのは気のせいだろうか。

気のせいであってくれ。

「さ、先に進みます……」

このままだと一生コメント欄でいじられそうだったので、俺はとにかく流れを変えようとダンジョンの地面に吸収されつつあるジャイアントスパイダーの死体を乗り越えて、その先に進む。


〝大丈夫だ桐谷。こいつは俺が倒す……！　www〟

〝おい、切り抜き班。さっきの二度目の大丈夫だ桐谷もしっかり切り抜いておけよ〟

〝俺あれぐらいでは死なないので、も一緒にな〟

〝大物ダンジョン配信者神木拓也の名言語録として流行らせろ。そして後世に伝えろ〟

〝いやー、次はどんな名言が飛び出すのやら〟

「〜〜〜っ」

ぁあああああああああ。

マジでなんで調子乗ってあんなこと言っちゃったの⁉

一度だけならまだ火が鎮火したかもしれないのに、二度もやってしまったらそりゃ定着するだろ。

でも仕方なかったんや……

その場のノリというか……〝桐谷奏：神木くん絶対に死なないでお願い！〟のコメントを見て咄嗟に思いついて口走ってしまったのだ。

それがまさかネタ化するとは。

くそ、また黒歴史を一つ増やしてしまった……


〝桐谷奏：神木くんが無事で本当に良かった…………結構本気で心配したんだよ？〟

〝良かったな神木。心配されてたみたいだぞ？〟

〝大丈夫だよ奏ちゃん。あいつは神木が倒すから〟

〝奏ちゃん。神木拓也はあれぐらいじゃ死なないよ？　www〟

〝神木拓也……桐谷奏に心配されるとは羨ましいやつめ〟

〝俺も女に言ってみたいなー。大丈夫だ、こいつは俺が倒すからって笑〟

〝切り抜き動画投稿完了です！　戦闘シーンと、名言語録のシーン両方アップしてきました‼〟

〝神木どんまい。すでにジャイアントスパイダー討伐シーンと一緒に語録シーンも拡散されつつあるぞ‼〟

「ぐ……か、拡散ありがとうございます……」

もはや消えないデジタルタトゥーと化しつつある自らの過去の発言に俺は涙しそうになりながら、震え声で切り抜き拡散のお礼を言った。

〝奏ちゃんに心配されて良かったっすねー、神木さん笑。でもあんまり調子には乗らないほうがいいかもですよ？　奏ちゃんわりと誰にでもこんなこと言うんで。今まで視聴者とかにも結構こんな感じなんで〟

〝自分のこと特別と思わないほうがいいっすよ神木さん。今は一時的に同接高いけどこの数字定着するかわからないし、あんまり調子に乗らないほうがいいっすよ〟

〝奏ちゃん、今日は配信しないの？　配信しないなら明日の配信に備えて休んでおいたほうが良くない？〟

〝奏ちゃん、またオーガとか出てきてトラウマ思い出しちゃうかもしれないし、この配信見ないほうがいいよ〟

あと、桐谷。

お前のユニコーンがどんどん俺のアンチ化していってるんだがなんとかしてくれ……

「モ、モンスターなかなか出てこないなー……」

おいおい。

なんでこういうときに限ってモンスター出てこないんだよ。

コメ欄が語録だ名言だと俺をからかうコメントと、俺のアンチ化しつつある桐谷のユニコーンのコメントと、切り抜き投稿報告&切り抜きから来ましたという新規視聴者の初コメと、で入り乱れててマジでカオスなんだが。


〝これ神木拓也と桐谷奏付き合うんじゃね？〟

〝桐谷奏ずっといる……笑　これ絶対神木に思うところあるだろ〟

〝えー、これ桐谷奏の匂わせです〟


あと、ちょくちょく俺と桐谷の視聴者を対立させようとするいわゆる『対立煽り』コメントもある。

これ炎上一歩手前なんじゃねーの？

早くモンスター出てこいよ。

『グォオオオオオ……』

「来た……！　モンスターだ……！！」

暗闇の向こうに気配を感じた。

低い唸り声のようなものも聞こえてくる。

これで炎上一歩手前のコメント欄の空気も一気に変えられる。


〝いやめっちゃ喜んでるwww　戦闘狂かよwww〟

〝よろこんでら〟

〝そりゃこれだけ強ければモンスターと戦うのも楽しいわな〟

〝さて、次はどんなモンスターが出てくるんだ!?〟

〝何が出てきてもこいつなら勝てそう〟

〝逆にモンスターのほうを応援したいまである。頑張って神木の攻撃を五分耐えろよ！　みたいな〟


「いや、モンスターの応援はやめてください」

思わず突っ込んでいた。

ダンジョン配信者の配信でモンスターの応援ってなんだよ。

〝お前が強すぎるのが悪い〟

〝お前のせいだぞ〟

〝強すぎる神木拓也が悪い。俺たちは悪くない〟

〝あれくらいじゃ死なないお前が悪い〟


「いや、なんでぇ……」

なんで俺が悪いみたいな流れになってるんですかね？


〝戦闘に集中しろ⁉〟


「あっ、はいすみません」

またしてもコメントにそんなお叱りを受けてしまった。

俺は謝罪し、剣を構えて前方を見据える。

「ん？　なんかデカいの来る……？」

ちりっとした違和感のようなものを覚えた。

暗闇の向こうからやってくる存在感がやけに大きい気がする。

下層でかつてこれほどの気配を感じたことがあっただろうか。

嫌な予感がする……

「な、なんかヤバそうなのが来そうで……」

『グギャァアアアアアアアアアアアアアアアアアアアア！！！！』

俺の言葉は、周囲の空気をビリビリと震わせる咆哮にかき消された。

ずん、ずんと、何かとてつもなく巨大なものが地面を揺らしながら向こうからやってくる。


〝鼓膜《こまく》ないなった……〟

〝うるせぇ!?〟

〝耳がぁあああああ!?〟

〝なになに!?　なんの鳴き声これ!?〟

〝なんかやばくね!?〟

〝画面越しでもなんかやばい気配をビリビリ感じるんだが……!?〟

〝高音質ヘッドフォン勢ワイの鼓膜、逝《い》く〟

コメント欄が〝鼓膜ないなった〟コメントとやばい気配を察知したようなコメントで溢れ返る。

「……っ」

俺はごくりと唾を呑《の》んで、そいつが正体を現すのを待った。

『グギャァアアアア！！！』

再度の咆哮とともに暗闇の奥から重々しい足音の主が現れた。

「は……？」

俺はフリーズする。

そいつは翼を持っていた。そいつは鋭く生え揃った牙を持っていた。そいつはまるでトカゲのような尻尾を持っていた。そいつはまるで蛇《へび》のように全身が鱗《うろこ》で覆われていた。

『グギャァアアアア！！！』

「え、マジ……？」

ドラゴン。

そうとしか思えないような見た目をしたモンスターが、ダンジョンの奥から現れたのだった。


〝うぉおおおおお！！！　ドラゴンきちゃぁああああああ！！！〟

〝ドラゴンだぁああああ！！！！〟

〝まさかここで竜種のモンスターかよ⁉〟

〝ドラゴンキタァあああああ！！！〞
〝いやいや、お前ら興奮してる場合かよ⁉　やばいぞ⁉　下層に竜種なんて出現しないぞ⁉〞
〝し、深層のモンスターだ……‼　ドラゴンは深層にしか出ないぞ⁉〞
〝え、でもおかしくね？　今いるのって下層だろ？〞
〝ってことはつまり……？〞
〝イレギュラーだ！！！〞

どでかい咆哮の主がドラゴンだったことで、コメント欄が一気に沸き立つ。
一方で俺は首を傾げてこちらに近づいてくるドラゴンを見ていた。
「あれー、こんなやつ今まで見たことないぞ……？」
ドラゴン。
モンスターの最強格の一種。
今まで存在は知っていたけど、出会ったことはなかったモンスター。
驚いた。
下層にも出現するんだな。

〝逃げろ神木拓也！！！〞

〝今すぐ逃げろ‼〟

〝逃げろ神木拓也‼　そいつはマジでやばい‼　イレギュラーだ‼〟

「え、どうかしたんですか？」

コメント欄が逃げろコメで埋め尽くされる。

〝そいつの名前はリトルドラゴン……！　深層に出現するモンスターだ‼　あんた今イレギュラーに見舞われてるんだよ‼〟

有識者っぽいコメント発見。

「なるほど……これイレギュラーなのか」

どうりで今まで一度も見たことないモンスターだと思った。

ドラゴンって下層にも出てくるのかと思ってたけど、深層のモンスターだったんだな。

「そうか。このダンジョンは深層まであるから、こういうことも可能性として起こりえるのか」

ほとんどのダンジョンは上層、中層、下層の三層までだ。

だがたまに深層と呼ばれる、一匹で街一つ滅ぼしかねないやばいモンスターしか出てこない領域を持つダンジョンが存在する。

探索者たちからは俗に『深層』と呼ばれるその領域は、ベテラン冒険者パーティーでも潜れば生きて帰ってくる確率はかなり低いと言われている。

どうやら今俺の目の前にいるこいつは……本来そんな深層にしか出現しないはずのモンスターらしい。

『グギャァアアアア！！！！』

巨体をダンジョンの通路に擦るようにしながら、ドラゴンが俺に向かって近づいてくる。


〝早く逃げろ‼〟

〝今度ばかりは冗談じゃない‼〟

〝マジで逃げろ‼〟

〝頼む逃げてくれぇえええ！！！〟


コメント欄もガチで俺に逃げることを勧めている。今回ばかりは茶化すようなコメントは全くない。視聴者も画面越しにやばさを悟っているのだろう。

〝桐谷奏：お願い逃げて神木くん‼〟

桐谷のそんなコメントも見えた。

俺はにぃっと頬を歪《ゆが》める。

「安心してくれみんな。多分この程度なら倒せると思う」

新たな神木拓也語録が生まれた瞬間だった。

第18話

〝いやお前何言ってんだ⁉〟

〝ふざけてる場合か⁉〟

〝新たな語録生み出してる場合じゃねーぞ⁉〟

〝イレギュラーだって言ってんだろ‼　リトルドラゴンは深層のモンスターなんだぞ⁉〟

〝恐怖で頭がおかしくなったのか⁉〟


俺の正気を疑うコメントがコメント欄に溢れる。

だが、俺は別に恐怖で頭がおかしくなったわけではない。

勝てる。

こうして実際に対峙してみて、なんとなくそう直感しただけだ。

出てきたときは突然で驚いたが、しかしこうして見ると下層のモンスターと大差ないように思える。

せいぜいオーガを十匹束《たば》ねたぐらいの強さだろうか。

『グォオオ……ガルルルルルル……』

ドラゴンは低い唸り声をあげながら、こちらに近づいてくる。

はるか高みから見下ろしてくる黄色い目は完全に俺を獲物だと認識していた。

「さて……」

流石にちょっと気合い入れないとな。

勝てそうな感じはするとはいえ、今までのように簡単に片手間で倒せるほどの実力差はないように思う。

俺はスマホを片手にしっかりと撮影を行いながら、片手剣を握る手に力を入れる。

……配信はするつもりだ。

じゃないと意味ないからな。

配信つけないぐらいだったら逃げたほうがいい。

せっかくのイレギュラーだ。

見どころに変えなければ。

〝まさか戦う気っすか……？〟

〝おいおい、このバカやる気だぞ……〟

〝いや、流石に頭おかしいだろ⁉　深層のモンスターに１人で挑むとか……〟

〝流石の神木拓也でも、ドラゴンを１人で相手するのはやばいって……！〟

〝リトルドラゴンは竜種の中では最弱だけど……でも深層のモンスターであることに変わりはない。ソロじゃ絶対に無理だ……！〟

〝き、切り抜き班です……あの、これからも切り抜き続けたいんで、神木さんにはできればここは逃げてほしいんですが……〟

〝だめだ見てられない……一回ダンジョン配信で探索者が死ぬとこ見てからトラウマになってるんだ……！　悪いが俺は落ちるぞ……！〟

〝俺も落ちる……！〟

〝俺も……〟


チラリとコメント欄に目を移すと、切り抜き班の人たちも今回ばかりは切り抜き待機というより俺を心配して逃げるように勧めている。

また、過去に配信中の探索者がモンスターに殺される瞬間を見たことがある人たちが、俺が死ぬのを見たくないと配信を離脱したりしている。

まぁ特殊な事情のある人が離脱するのは仕方がない……でも、全体的には人は増えている……

同時接続の数は、こうしている間にも増えていた。

現在6万5000人を記録。

ダンジョン配信で探索者がイレギュラーに見舞われると同時接続は一気に増える傾向にある。

しかも現在俺が直面しているイレギュラーは、ただのイレギュラーじゃない。

下層に深層のモンスターが出現するという、かなり最悪レベルのイレギュラーだ。

当然SNSなどで噂を聞きつけて野次馬しにやってくる視聴者も増えるだろう。

もしかしたら、俺の死ぬ瞬間を見に来ている連中もいるかもしれない。

「へへ……痺れるねぇ……」

大勢に見られている。

そんな感覚から来る高揚感が全身を支配する。


〝やべぇこいつ、笑ってやがる……〟

〝マジかよ戦闘狂すぎるだろ……〟

〝馬鹿なのか……⁉　真性のバカなのか⁉〟

〝やべぇやべぇやべぇ……神木拓也VS深層のドラゴン……めっちゃ興奮する……！〟

〝これもしドラゴン討伐するようなことになったら、ダンジョン配信の歴史に残る伝説の配信になるぞ⁉〟

〝深層のドラゴンVS最強の高校生探索者の戦いが見られる配信はここですか⁉〟

〝うわ！！！　嘘だと思って来たのに本当にドラゴンいる⁉〟

〝イレギュラーでドラゴン出たってマジですかー？〟

〝他の配信からこっちに来ました〜。なんかめっちゃ鳩《はと》飛んでたので〟

〝他配信からお邪魔しまーす。下層にドラゴン出てなんか面白そうだって聞いたんで来ましたー〟


コメント欄での反応は本当に様々だ。

俺がドラゴンと戦うことを覚悟したのを見て、イカれてると呆れる者。

もしかしたら俺がドラゴンを倒すんじゃないかと期待を寄せる者。

純粋に逃げることを促す者。

そしてすでにSNSなどで拡散されているらしい情報を見て来た者。

さらには、他の配信のコメント欄で俺の配信のことを書き込むいわゆる『鳩』たちに釣られて配信を見に来た者。

とにかく配信者界隈のありとあらゆるところから人が集まってきているのか、同接がどんどん上がっていく。

先ほど6万5000だった視聴者は今はもう7万人を超えている。


〝こんなときだが、7万人突破おめ……w〟

〝やべー、めっちゃ人が集まってきてる〟

〝そりゃ、こんな面白い状況なかなかないからな〟

〝頑張れ神木拓也……！　もしドラゴン倒したらマジでお前のファンになるぞ……！〟

〝もうこうなったら全力でぶつかっていけ……！　神木拓也頑張れ‼〟

〝今来たんですけどこの人やばくないですか⁉　ソロでドラゴンと戦おうとしてません⁉〟


「7万人ありがとうございます……！　こんなときですけど、多くの人に見ていただいてほんとうにありがた……」

『グォオオオオオオオ！！！』

俺のお礼はドラゴンの咆哮にかき消される。

「なんだよ。今せっかくいいところなのに……」

『グルルルル……ォオオオオオ……』

俺はスマホから顔を上げて、ドラゴンを睨みつける。

「ん？」

ドラゴンの腹部あたりが赤く染まりだした。

それと同時に、辺りが熱気に包まれる。

「いきなり熱い……なんだこれ……？」

なんらかの攻撃の予兆だろうか。

俺が首を傾げていると、コメント欄に爆速で警告が流れる。


〝まずいブレス攻撃だ……！〟

〝炎のブレスくるぞ……！〟

〝ダンジョンの通路で炎のブレスやばくね……⁉〟

〝あー、これ終わりです〟

〝神木拓也早く逃げろ……！　ブレス吐かれたら逃げ場ないぞ……‼〟

「炎のブレス……？　口から炎出すみたいな感じですか？」

〝そう‼〟

〝そうそれだよそれ‼　だから早く逃げろ……！〟

〝焼き殺されたいのか⁉〟

〝いやこいつ呑気すぎ……www〟

〝死にかけてるの気づいてるか⁉　緊張感なさすぎだろ‼〟


どうやらコメント欄を見るに、ドラゴンが炎のブレスで攻撃しようとしてきているようだった。

噂には聞いていたけど、ドラゴンって本当に口から炎吐くんだな。

『グァアアアアッ……！』

「お、本当に……」

そうこうしているうちに本当にドラゴンが目の前で大口を開けた。

牙の生え揃ったでかい口。

その奥に、炎の塊《かたまり》みたいなのが見える。


〝マジで逃げろ‼〟

〝まずいぃいいいいいいいい！！！〟

〝逃げろォオオオオオ！！！〟

コメ欄が〝逃げろ〟コメで埋め尽くされる。

『ガァアアアアアアア！！！！』

直後、空気を震わせる咆哮とともに、ドラゴンの口から本当に炎のブレスが吐き出された。

火炎放射器の威力を何倍にも上げたかのような威力だ。

「えーっと」

そこまで広くないダンジョンの通路。

左右に逃げ場はない。

俺は咄嗟に上を見た。

「あそこなら」

炎が目の前に迫る中、俺は地面を蹴った。

宙高く浮き上がる俺の体。

眼下を真っ赤な炎のブレスが通過する。

「あちちちち」

俺はダンジョン通路の天井近くで、左右の壁を蹴って高度を維持しながら、通路に充満する熱気に悲鳴をあげる。

なんとか回避したけど……空気が熱されてめっちゃ熱いな。

サウナなんて比じゃないぐらいだ。


〝どうなった⁉〟

〝何が起きてる⁉〟

〝暗くて何も見えないぞ⁉〟

〝まさか神木拓也死んだのか⁉〟

〝でも映像は生きてるぞ⁉　炎のブレス攻撃はくらってないんじゃないか⁉〟

〝スマホのレンズってそこまで熱耐性あるとは思えないしな……！　これはひょっとすると……？〟


「あ、すみません」

コメント欄が、状況を探る〝どうなった？〟コメントで埋められているのを見て、俺は慌ててスマホで下を映す。

「今こんな感じです」


〝どうやって炎のブレスを逃れたんだ⁉〟

〝ファッ⁉〟

〝画面真っ赤ですよ⁉〟

〝炎の中にいながら撮影⁉〟

〝どうなってんだ⁉〟

〝状況の解説求む‼〟

〝うぉおおおお‼　生きとったんかワレェ！！！〟

〝すげぇ、神木拓也生きてる‼〟

〝いやいや、マジでどうやって炎のブレス回避したんだ⁉　翼生やして空でも飛んでんのか⁉〟


「画面が揺れてるの本当にすみません、今こんな感じで左右の壁をキックして高度維持してます……下は炎で満ちていて熱そうなんで」

俺はダンジョンの左右の壁を交互に映す。


〝ファーwww　やばすぎwww〟

〝そんな漫画みたいな方法で⁉〟

〝いやいや、某有名ゲームの配管工じゃないんだから！！！〟

〝こいつに常識は通用しねぇwww〟

〝前代未聞の避け方で炎のブレス回避してないか⁉〟

〝神木拓也最強！　神木拓也最強！　神木拓也最強！！！〟

〝神木さん、俺は神木さんならやってくれるって信じてました……！〟

コメ欄が、俺が生きながらえた方法を知って一気に沸き立つ。

〝もうそのまま壁キックで逃げろよ www〟
〝それできるんならなんでもありやん www〟
〝逆にできないこととかあるのか⁉〟
〝これ創作が現実に負けた唯一の例だろ〟
〝妄想の中の俺より強キャラで草なんよ笑〟
〝でも下は炎だしこっからどうするんだ？〟

「ドラゴンはまだ俺が上に逃げたことに気づいてないみたいです。このまま後ろに回り込みますね」

俺は俺を仕留めたと思っているらしいドラゴンの頭上を左右の壁キックで通過して、その後ろに回り込むことに成功。

すちゃっとなるべく音を殺しながら地面に着地して、見事にドラゴンの背後を取る。

〝よし……今のうちに逃げるぞ‼〟
〝流石に逃げろ‼　まだドラゴンこっちに気づいてないぞ‼〟
〝流石に逃げるよね？〟

〝逃げろよ逃げろよ？〟

〝絶対に逃げろよ？〟

〝マジで逃げたほうがいいぞ！〟

〝今だ！　逃げるチャンス‼〟

〝もう十分見せどころあったろ‼　これからもお前の配信見たいから、頼むから逃げてくれぇぇぇええええ！！！〟


「そんなに逃げろ逃げろってもしかしてフリですか？　押すな押すなみたいな」

〝〝〝いやちげーよ！！！！！〟〟〟


「おぉ……すごい……」

今一瞬同じコメントが画面を下から上まで埋めたな。

現実世界なら大勢がハモってるところだ。

「さて……流石にちょっと気合い入れますね……」

もちろんここで逃げるなんて選択肢はない。

最初っから俺はこのドラゴンを倒すつもりだ。

現在の同時接続は8万人。

大手配信者でもなかなか達成できないような人数が俺の配信を見ている。

こんな大人数に見られながら、流石に尻尾《しっぽ》巻いて逃げるわけにはいかない。

イレギュラーという逆境をむしろチャンスにして見せどころを作り、貪欲《どんよく》に固定視聴者を追い求めなければ。

「流石にここからは片手だとキツそうです。スマホどっかに固定していいですか？」


〝いやだからなんで戦う気満々なんですか⁉〟

〝もう好きにしろよ〟

〝いけぇえええええ‼　神木拓也ぁあああ‼〟

〝こんなときにそんなこといちいち確認するな‼　いいに決まってるだろ‼〟

〝いいに決まってる‼〟

〝むしろこっちからお願いだ‼　早くスマホどっかに固定して全力で戦ってくれ……！〟


「えーっとそれじゃあ、この辺がいいかな……？　戦闘に巻き込まれないようにちょっと離れたところに……」

俺はダンジョンの壁にいい感じの窪《くぼ》みを見つけて、そこにスマホを固定する。

ちなみにドラゴンはまだ背後にいる俺に気づいていない。

こっちに背中を向けてぐるぐると辺りを見回している。

「これどんな感じです？　ちゃんと映ってます？」


〝呑気だなぁ……〟

〝マイペースすぎだろwww〟

〝どんだけ肝据《きもす》わってんだwww〟

〝はいはい、映ってますよーっと〟

〝映ってるぞ！〟

〝おいあんまり声出すなよ⁉　ドラゴンに気づかれるぞバカなのか⁉〟


「映ってるようで良かったです……あと、燃えないように上着も脱いでいいですか？」


〝好きにしろwww〟

〝そんなのいちいち確認すんなwww〟

〝見せてみろ。お前の鍛え上げられた肉体を……！〟

〝気合い入れるためとかじゃなくて燃えないためにwww〟

〝こんなときに気にするの服のことかよwww〟
〝イレギュラーに見舞われて、かつてこんなに呑気で冷静な探索者がいただろうか……〟
〝もう好き放題やってくれwww〟

「あ、でもちょっと待ってください」
俺は服を脱ぎかけていた手を途中で止める。

〝ん？　どうした？〟
〝なんだ？〟
〝流石に怖くなってきたか？〟
〝今からでも逃げてええんやで〟

「いや、逃げるとかじゃなくて………ふと思ったんですけど、男の乳首って配信で映していいんでしたっけ……？　あの、コンプライアンス的に……」

〝〝〝そんなの今どうでもいいだろ⁉〟〟〟

またハモった。

『グルルルル……』

「あ……」

ドラゴンこっち見た。

第19話

〝気づかれたぁああああ！！〟

〝バカやってるから……〟

〝あーあ。めっちゃこっち見てら〟

〝えー、完全に獲物を見る目です www〟


スマホを固定したり、コンプラのことを考えたりしていたら、流石にドラゴンが俺の存在に気づいた。

黄色い眼球が、はるか高くから俺を見下ろしている。

「すまんな待たせて。こっちも準備完了だ」

スマホを固定し、上着もすでに脱ぎ終えた俺は、片手剣を持って腕をぐるぐる振り回す。

乳首の問題がまだ解決してないけど……

多分大丈夫だよね？

スマホからかなり距離もあるし、大丈夫だと信じたい。


〝おぉ……綺麗な背筋……〟

〝引き締まってるなぁ……〟

〝下手にジム通って鍛えてるやつより引き締まってていいな〟


スマホを手放したため、コメントはもう見られない。

だけど、皆きっと俺を応援してくれているはずだ。

今頃〝頑張れ神木拓也！〟〝勝ってくれ神木拓也！〟など、そんなコメントでコメント欄は埋め尽くされていることだろう。


〝女だけどちょっと濡れた〟

〝筋肉の凝縮度やばそう〟

〝前も見たい‼　腹筋の割れ具合を見せてくれ……！〟

〝鍛えたとかじゃなくて自然についた筋肉って感じでいいね〟

〝つか乳首問題実際どうなん？　男ならセーフ？〟

〝流石に男はセーフやろ〟

〝最近結構な大手が裸で氷風呂に入る企画やっててガッツリ男の乳首出てたから大丈夫やろ〟

〝大丈夫なんだ〟

〝良かったな神木。乳首映っても垢ＢＡＮされないぞ〟

〝つかこのサイト、ＡＩが監視してるんだよな。男の乳首と女の乳首ってどうやって判断してんだろ？〟

〝膨らんでたら女だから垢ＢＡＮ、平らかったら男だからセーフ……みたいな？〟

〝それだとまな板女子は全裸配信ＯＫってことになるが〟

〝確かに〟

〝言われてみればそうだな。その辺どんな感じで判断してるんだろうな？　服装とかか？〟

〝じゃあ、女装男子の乳首は垢ＢＡＮか〟

〝うーん……どうなんだろうな〟

〝いやお前ら今そんな話してる場合か⁉〟

『グォオオオオ……‼』

「へへ……来いよ……本気でやろうぜ……」

見なくてもわかる。

コメント欄でみんなが応援してくれている。

たくさんの人に見られている。

期待されている。

配信者として視聴者に期待されたら…………応えるしかないよなぁ!?

「ドラゴン一匹……戦います……!」

俺はそう宣言してから戦闘態勢に入る。


〝お、そんな話してたら戦うみたいやぞ〟

〝みたいやね。流石に見るか〟

〝一旦この問題は保留やね〟

〝お前ら、配信の主がドラゴンと戦おうとしているのに緊張感なさすぎるだろ……〟

〝まぁでもこれに関しては神木拓也が悪い〟

〝現在進行形で窮地に立たされているはずなのに妙な安心感あるからなぁ〟

〝うぉおおおおいけぇえええええええええええ!!!〟

〝ドラゴンVS神木拓也!!　どっちが勝つんだ!?〟

〝もう見どころが多すぎてどこ切り抜いていいかわからん……！〟

〝同接９万人超えた……‼　まだまだ増えるぞ……！〟

〝これもし本当にドラゴン倒したら、二、三日はネットは神木拓也一色になるだろうな〟


『グルァアアアアアアアア！！！』

「へへ……そっちから来いよ……！　先手は譲ってやるよ……！」


〝いや普通に先手取れよ〟

〝何最強モンスター相手に余裕かましてるんだ⁉〟

〝調子に乗ってるとまた炎のブレスで攻撃されるぞ⁉〟

〝いけぇええ神木拓也‼〟

〝やっちゃってください神木さん‼〟


「必ずお前を倒し、俺はこの配信を神回にする。来いよドラゴン……！」

『グォオオオオオ！！！』

コメント欄で視聴者のみんなが応援してくれている。

そう信じながら、俺はいよいよドラゴンとの戦闘に入っていった。

〝すげぇ……〟

〝なんだこれ……〟

〝異次元の戦いすぎる……〟

〝動き速すぎて見えねぇ……〟

〝何が起こってるんだ……？〟

〝なんかドラゴンも神木拓也もアニメみたいな動きしてるぞ……？〟


ドガァン、ドゴォオンとダンジョンに粉砕音が立て続けに響く。

『グギャァアアアア！！！』

ドラゴンはその鉤爪《かぎつめ》のついた前脚、尻尾、そして牙の生え揃った口で俺を殺そうと次々に攻撃を繰り出してくる。

「よっ……ほっ……うおっ」

俺はそんなドラゴンの攻撃をステップを踏み、地を蹴り、身を翻《ひるがえ》し、上体を反らしながら器用に躱《かわ》す。

『グギャァアアアアア！！！』

「流石ドラゴンだな……攻撃力は今までで一番だ……っ」

流石ドラゴンの攻撃は深層のモンスターだけあって強力だ。

一発一発がダンジョンの地面や壁を粉砕するほどの威力がある。

まともにくらえば、致命傷にはならないまでも無傷とはいかないだろう。

『グギャァアアアア！！！』

「ペースアップか……いいぜ、ついていってやるよ……！」

俺に攻撃が当たらないせいか、ドラゴンが怒り狂ったように暴れ回り、無数の攻撃を繰り出してくる。

俺自身もその動きに呼応するように回避行動を速める。


〝すげぇ……なんだこれ……〟

〝こんな戦い見たことないんだが……〟

〝大怪獣バトルやん……〟

〝マジでドラゴンの攻撃も見えねぇし、神木拓也の動きも見えねぇ……〟

〝き、切り抜きたいけど戦いに見入ってしまう……〟

〝これ、互角なのか……？〟

〝神木拓也優勢？　それとも押されてる……？〟

〝避けるばっかりだし、どちらかというと押されてね……？〟

〝流石の神木拓也でもドラゴン相手だと後手に回るのか〟


「避けてばっかりもアレだし……こっちからもいかせてもらう……！」

『グォオオオオ……！！！』

俺は眼前に迫ったドラゴンの前足による攻撃を、最小限の動きで躱した。

そして、攻撃硬直で若干怯《ひる》んだドラゴンに対し、剣の横薙ぎによる斬撃をお見舞いする。

斬ッ！！！

『グギャァアアアア⁉』

ドラゴンが初めて俺の攻撃をくらい、悲鳴のような鳴き声をあげる。

「うーん……完全には斬れないかぁ……」

ドラゴンの硬い鱗は、俺の斬撃を弾いてしまったようだった。

多少傷がつき、赤い血が流れているが、しかし致命傷とまではいかない。

〝うおおお‼　攻撃当たった‼〟
〝効いてる‼　めっちゃ効いてる‼〟
〝ドラゴン嫌がってるっぽくね⁉　これ効いてるぞ⁉〟
〝銃弾とかロケットランチャーでも傷つけられないドラゴンの表皮にダメージ入れるとか、やっぱ神木は化け物だわ……！〟
〝いけ神木‼　そのまま押せ……‼〟

「まぁ、とりあえず数撃ってみるか」

『グォオ……ォオオオオ！！！』

俺は立て続けに斬撃を放ち、ドラゴンにダメージを蓄積させていく。

ドラゴンはまるで何かを守るように、体を丸めて俺の攻撃を硬い鱗で受ける。

「これ、効いてる？」

しばらく攻撃を続けたところで撃ち方やめ。

すっかり丸まってしまったドラゴンは、体のあちこちから血を流しているが、しかしまだ死んだわけではないようだ。

『グォオオオオオオオ！！！』

「おぉ……怒ってる怒ってる」

攻撃をやめるとドラゴンが丸めていた体を伸ばして、首を振って鳴き声をあげる。

モンスターと人間の意思疎通なんて不可能だが……しかし全身から漏れる怒気がこちらまで伝わってくる。

『オオオオオオオ……』

「お、またブレス攻撃か？」

ドラゴンのお腹のあたりが赤く染まりだす。

空気中に熱気が漂い始め、俺はブレス攻撃が来ると判断した。


〝ブレス攻撃きちゃ‼〟

〝逃げろ神木拓也‼〟

〝くらったらいっかんの終わりだぞ……‼〟


『グギャァアアアア！！！』

予想に違わず、咆哮とともにブレス攻撃が放たれる。

ダンジョンの通路を満たす灼熱《しゃくねつ》の炎。

「ほいっ」

俺は一度目同様、上に逃れて炎を回避する。

『グォオオオ……』

一度目のときもそうだったが、ブレス攻撃を行ったあとは、ドラゴンはしばらくの間疲れたように首をもたげて動きが鈍くなる。

「ちゃーんす！！！」

左右の壁を蹴って高度を維持していた俺は、ドラゴンの頭上まで移動すると、そこから一気に落下して、無防備となっているドラゴンの脳天に思いっきり踵落《かかと》としをくらわせた。

「おりゃ！！！」

ドゴォオオオン！！！

〝ファーーーーｗｗｗｗ〟

〝踵落としくらわせたｗｗｗ〟

〝これは効いたぞぉおおおお！！！〟

〝うぉおおおお‼　これは間違いなく大ダメージ！！！〟

〝これこのままいけばマジで勝っちまうんじゃね⁉〟

〝神木拓也最強！　神木拓也最強！　神木拓也最強！！！〟

「流石に効いたかな？」

『グォ……ォオオオ……』

着地した俺はドラゴンのダメージを窺う。

地面に頭部をめり込ませたドラゴンは、力ない鳴き声とともに頭部をゆっくりと持ち上げた。

効いてる。

全身から発せられる覇気のようなものが消えかけている。

ブレス攻撃と俺の攻撃によるダメージでかなり体力を消耗しているようだ。

「あとひとおし……‼」

俺は勝ちを確信し、ドラゴンにトドメを刺すべく地を蹴って肉薄《にくはく》した。

『グォオオ……ォオオオ！！！』

ドラゴンが最後の力を振り絞って前足による攻撃を繰り出してくるが、それも避けて俺はドラゴンの懐《ふところ》に潜り込んだ。

「さっきからお腹を庇って立ち回ってるの、バレバレだぜ？」

ここまでの戦いでドラゴンは常に俺の攻撃が腹部に当たらないような回避行動をとっていた。

俺が腹部に向けて斬撃を放っても、体を丸めて硬い外側の鱗で守ってしまうのだ。

ということは………単純な考えだが、お腹が弱点だと見た……！

他の部分とは違ってお腹はいかにも柔らかそうな白身がかった色合いをしている。

あそこを集中的に攻撃すれば、ドラゴンに致命傷を与えられるかもしれない。

「ぉおおおお！！！」

『グギャァアアアアアアアア⁉』

ドラゴンの懐に完全に潜り込んだ俺は、目の前の柔らかそうな腹部に向かって連続攻撃を叩き込む。

やはりここが弱点だったのか、ドラゴンは悲鳴をあげてのたうち回る。

〝連続攻撃きたぁあああああ！！！〟

〝どりゃぁああああああああ！！！〟

〝そのまま殺せぇえええええ‼〟

〝ラッシュや‼　神木拓也の本気ラッシュやぁあああああ！！！〟

〝スターバーストストリームぅううううううううう！！！〟

〝めっちゃ血出てる‼　めっちゃ血出てる！　絶対に効いてる‼〟

〝倒せぇえええ神木拓也ぁああああああ！！！〟

〝もうセコセコ切り抜いてる場合じゃねぇええええええええ神木さんいけぇええええええええええええええええ！！！〟

「うぉおおおおおお！！！」

『グギャアアアアア⁉』

腹部が裂けて血が飛び散る。

俺は、どんどん傷つき削れていくドラゴンの腹部に対して、連続攻撃を加え続ける。

やがて……

『グォ……ォオオオ……ォオオオオオオオオオオオオ……』

ドラゴンの動きがぴたりと止まった。

巨体がぐらりと揺れて、力尽きたように地面に倒れ伏した。

ズゥウウウウウウウンン……

全長二十メートルはある巨体が地面に倒れた。

「やった、のか……？」

フラグみたいなことを口にしたが、しかし漫画のようにドラゴンがそれで起き上がったり第二形態に進化したりすることはなかった。

徐々に死体がダンジョンの床に吸い込まれていく。

どうやら本当に俺はドラゴンを討伐したようだった。

「勝った……！　勝ちました……！！！」

全身を勝利の高揚感が包み込む。

深層のモンスターをソロで倒した。

それもモンスターの中での最強格である竜種を、討伐した。

自分の成し遂げたことの実感が少しずつ湧いてきて、俺は思いっきりガッツポーズを取る。

「皆さんやりました!!　ソロでドラゴンを倒しました……！　どうでしたか!?」

思わず子供のようにはしゃいで、スマホのほうまで駆け寄ってしまった。

〝どりゃぁあああああああああああああああ！！！〟
〝うぉおおおおおおおお！！！〟
〝すげぇえええええええええええ！！！〟
〝やべぇえええええええ‼〟
〝見てたぞ神木拓也‼　お前まじでやべぇよwwwww〟
〝おめでとぉおおおおおおお！！！〟
〝マジですげぇえええええええええええええええ！！！〟
〝強すぎぃいいいいいいいい！！！〟
〝興奮した‼〟
〝マジで感動した‼〟
〝化け物すぎるよぉおおおおおお‼〟

顔が見えなくても視聴者の興奮がコメントから伝わってくる。
見たことのない速さで滝のようにコメントが流れて、たくさんの人がドラゴンの討伐を祝福してくれる。

「って、同接12万人⁉　ファッ⁉」

チラリと同接に目をやれば、12万というとんでもない数字が目に入ってきた。

一瞬錯覚かと思ったが、何度数えても俺の同接の数字は六桁に達していた。

「お、多くの人に見ていただいて本当にありがとうございます……あの、良かったらチャンネル登録お願いします……」

もはやコメントが速すぎて読むことができない。

というか、こんだけ揺れた戦いの最中にスマホの画角がほとんど変わらなかったのは奇跡だな。

おかげでソロでのドラゴン討伐の瞬間をたくさんの視聴者に見てもらえた。

「はは……なんか自分の配信じゃないみたいだ……」

今までの苦労を思い起こしてちょっと涙が出てきた。

……同接０人でもめげずに頑張ってきた甲斐があった。

今この瞬間のために俺は配信を続けてきたのだと、自信を持って言える。

「本当に本当にありがとうございました……‼」

俺はカメラの前でそう言って、ぺこりとお辞儀をした。

＃　＃　＃

……最終的にその日の俺の配信は同接12万5000人を記録した。

そして配信界隈のあらゆるところへと拡散され、神木拓也の名が一挙に広まることになる。

さらにはネットのみならず、地上波の朝のニュースのコーナーでも一瞬ではあるが紹介されて、多くの人に認知されるきっかけとなったのだった。

#　【朗報】神木拓也とかいうダンジョン配信界の超新星、深層のドラゴンをソロで倒す wwwww

0001　この名無しが凄すぎ！（主）
マジでやばすぎや www
人間辞めてるやろ www

0002　この名無しが凄すぎ！
リアタイしてたが本当にすごかった
あれは人間じゃない

0003　この名無しが凄すぎ！
俺は仕事帰ってきてアーカイブ見たけど……マジでやばいやつ出てきたな
リアタイしたかった
こんな化け物今までどこで埋もれてたんや？

0004　この名無しが凄すぎ！
＞＞3
仕事お疲れ様やで

0005　この名無しが凄すぎ！
＞＞4
ありがとうやで

0006　この名無しが凄すぎ！
＞＞3
嘘乙
お前今起きたニートだろ

0007　この名無しが凄すぎ！
＞＞6
自己紹介かな？

0008　この名無しが凄すぎ！（主）
おい、関係ない話するやつアク禁にするぞ!!
ここはダンジョン配信の超新星こと神木拓也について語り合うスレや!!
煽り合いがしたいやつは出ていけよ!!

0009　この名無しが凄すぎ！
俺も運良くリアタイできたわ
たまたまその時間他のダンジョン配信者の配信見てたんだけど、鳩が飛びまくってた
だるいなと思いつつちらっと覗きに行ったらドラゴンとソロで戦っ

ててビビったわ www

0010　この名無しが凄すぎ！（主）
＞＞ 9
マジでやばかったよな www
イレギュラーで出てきた深層の竜種のモンスターに実質無傷で完勝だもんな www
あれは人間やない
人間の皮を被った何かや

0011　この名無しが凄すぎ！
マジで今ネット、神木拓也で一色だよな
切り抜きとかも拡散されまくってる

0012　この名無しが凄すぎ！
昨日まで正直、桐谷奏の名前のおかげで一瞬浮かび上がっただけの無名で、そのうち沈んでいくやろとか思ってたけど、いきなりダンジョン配信界に残りそうな神回作ってて草なんよ

0013　この名無しが凄すぎ！
今日神木拓也の存在知ったんだが、
マジで高校生なんか？
高校生ごときに深層のモンスターが倒せるとは思えないんやが
それも竜種の

0014　この名無しが凄すぎ！
＞＞ 13
ガチで高校生やぞ
桐谷奏と同じ高校に通う同級生や
すでに名前も顔も年齢もバレとる
だから間違いないぞ

0015　この名無しが凄すぎ！
＞＞ 14
そうなんや
なんでそこまで身元がバレることになったん？

0016　この名無しが凄すぎ！
＞＞ 15
神木拓也が浮かび上がったのは、桐谷奏をイレギュラーから救ったからや
詳しいことは自分で調べてこい

0017　この名無しが凄すぎ！
同接は最終的にどんぐらいいったんだっけ
10 万超えた？

0018　この名無しが凄すぎ！
最終的に 12 万 5000 人までいったらしいぞ

ポッと出の新参が調子乗るなとか
なんとか

0023　この名無しが凄すぎ！
絡みにいったの桐谷なのにな
まぁ桐谷のユニコーンに桐谷を叩くっていう思考はないから矛先が神木に向かうのは仕方ないな

0024　この名無しが凄すぎ！
一ヶ月後には同接三桁まで落ちるとか顔真っ赤にして書き込みまくってたけど、そんなわけないやろwww
むしろこのまま神木拓也はダンジョン配信界隈トップクラスの大手になるやろなwww
高校生で深層のドラゴン倒す探索者とか前代未聞すぎるしwww

0025　この名無しが凄すぎ！
みんな騒いでるけどそんなにすごいことかね？
深層のモンスターと言ってもリトルドラゴンでしょ？
竜種の中で最弱じゃん
ちょっと腕がある大人の探索者なら倒せるでしょ
それを成人する数年前に倒したからって、だから何って感じなんだけど

ネットニュースにそう書いてあった

0019　この名無しが凄すぎ！
＞＞18
俺もリアタイしてたが多分そんぐらいだったと思う
確実に10万人は超えてた
リトルドラゴンとバトり始めてからどんどん同接上がっていってた

0020　この名無しが凄すぎ！
配信には桐谷奏も来てたな
かなりコメント打ってたし、桐谷が他人の配信であそこまで長居してしかも絡むのって珍しいよな

0021　この名無しが凄すぎ！
あれなー
正直、学校での２人の関係性がわからんからなんとも言えんが、賢いムーブとは言えないよな
桐谷のユニコーンは相当お怒りだったぞ

0022　この名無しが凄すぎ！
桐谷の専用スレが若干荒れてたのそれが原因か
ユニコーンたちがこぞって神木拓也叩いてたな

0026　この名無しが凄すぎ！
＞＞ 25
お前マジで言ってる？
ネタコメか？

0027　この名無しが凄すぎ！
流石にネタコメだろ www
ネタじゃないとしたらエアプすぎだわ

0028　この名無しが凄すぎ！
＞＞ 25
ダンジョン配信一度も見たことなさそう www

0029　この名無しが凄すぎ！
＞＞ 26
ネタじゃないんだけど
神木拓也がこれだけ人集められたのって全部桐谷奏のおかげだよね？
そしたら桐谷奏にお礼ぐらいあってもいいよね？
なんか配信見てたら当然みたいな顔してたけど
みんなおかしいと思わないの？

0030　この名無しが凄すぎ！
＞＞ 29
正体表したな
お前桐谷のガチ恋だろ

0031　この名無しが凄すぎ！
桐谷のユニコーン、顔真っ赤で草なんよ

0032　この名無しが凄すぎ！
神木拓也のアンチ活動なら専用スレでやってこいよ
桐谷豚くん

0033　この名無しが凄すぎ！
＞＞ 29
安心しろ
お前みたいな底辺に桐谷が振り向くことなんか一生ないから
せいぜい赤スパで一方通行の痛い告白でもしとけよ www

0034　この名無しが凄すぎ！
＞＞ 29
お前よりも神木拓也のほうが実力も知名度も格上だから諦めろ
全てにおいてお前は神木拓也に負けてるよ

0035　この名無しが凄すぎ！
＞＞ 34
なんで急に神木拓也と俺を比べる

の？
頭大丈夫かな？
なんか神木拓也信者って神木拓也を異様に持ち上げてて気持ち悪いよね
カロ藤糸屯二信者と同種のものを感じる……

0036　この名無しが凄すぎ！
＞＞ 35
お前ア○ぺか？
スレタイ読める？
ここはそういうスレやぞ？
神木拓也のアンチ活動なら他所でやれよ

0037　この名無しが凄すぎ！
＞＞ 36
だから神木拓也のことについて語ってるよね？
神木拓也は桐谷奏のおかげで伸びたのは事実だよね？
なんでそれを認めようとしないの？

0038　この名無しが凄すぎ！
＞＞ 37
何言ってんだこいつ

0039　この名無しが凄すぎ！
＞＞ 37
頭大丈夫かこいつ

0040　この名無しが凄すぎ！
＞＞ 37
誰も神木拓也が桐谷のおかげで伸びたことを否定なんてしてないが？

0041　この名無しが凄すぎ！
桐谷豚マジで専用スレに帰れよ……
ここお前らのくるところじゃねーよ。

0042　この名無しが凄すぎ！（主）
アク禁＞＞ 37

0043　この名無しが凄すぎ！
アク禁ナイス www

0044　この名無しが凄すぎ！
消されててわろた www

0045　この名無しが凄すぎ！
じゃーな桐谷豚
二度と来るんじゃねーよカス

0046　この名無しが凄すぎ！
桐谷奏が生み出した悲しきモンスター……

0047　この名無しが凄すぎ！
今回のことで神木拓也は完全に桐谷のユニコーンに敵対視されたな
あいつらねちっこいからこれから色々と神木にちょっかいかけるだろうな
ワンチャン潰されるかもしれん

0048　この名無しが凄すぎ！
＞＞47
それはない
もうすでに神木拓也の配信者としての規模が潰せるレベルじゃない
もう信者コミュニティができつつあるし、桐谷のユニコーンごときに潰せるような存在じゃなくなってるぞ

0049　この名無しが凄すぎ！
桐谷もなんでそんなに絡みにいったんだろうな
あんまり男の配信に長居したら、自分の視聴者がそいつ攻撃しだすことぐらい予想つきそうなもんだが

0050　この名無しが凄すぎ！
まぁしゃーない。
桐谷を庇うわけじゃないが、あいつめっちゃくちゃ天然だからな。
自分の影響力とかイマイチわかってないところがある。

0051　この名無しが凄すぎ！
あーな
確かにそれはあるは
この子マジで大丈夫かよってぐらい純粋で天然だもんな

0052　この名無しが凄すぎ！
定期的に配信切り忘れてそれがトレンド乗ったりしてるしな
多分桐谷的に、同級生だし助けてもらった恩もあるからコメント欄でお話ししちゃおう！　ぐらいにしか考えてないと思う

0053　この名無しが凄すぎ！
ワンチャン、ユニコーンたちが疑っているみたいに本当に桐谷が神木のことが好きだったりしてな

0054　この名無しが凄すぎ！
＞＞53
実際これあるよな
命の恩人だし、深層のモンスター

ソロで倒すぐらいに強いし、顔も悪くはないし
惚れる理由はいくらでもある
てか、俺が桐谷だったら余裕で惚れてるまである

0055　この名無しが凄すぎ！
まぁ２人の関係についてはこの辺でいいだろ
とりあえず神木本人について語ろうぜ

0056　この名無しが凄すぎ！
登録者今どんぐらいになった？
俺が最後に見たときは30万人超えてたが

0057　この名無しが凄すぎ！
＞＞56
今確認したら40万人いってた
今42万人だな
更新するたびに1000人ずつぐらい増えていってる
これはワンチャン100万近くまでいくかもな

0058　この名無しが凄すぎ！
ファーwww
やばすぎやwww
増えるペース早すぎやろwww
ワンチャン日本記録とかになるんちゃう？

0059　この名無しが凄すぎ！
＞＞58
チャンネルが開設されたのは二年以上前だから、チャンネル開始してからの記録にはならないが……
まぁ勢いが前代未聞なことに変わりはない

0060　この名無しが凄すぎ！
オーガ倒したときはマジでやばいと思ったけど……
それを軽く上回る衝撃度だったな
深層のモンスターをソロで倒すんだもんな

0061　この名無しが凄すぎ！
てか、神木拓也スレ立ちすぎやwww
ほぼ全部神木拓也スレやんけwww
他のスレ探すほうが難しいわwww

0062　この名無しが凄すぎ！
まぁ今日から三日ぐらいはこの調子だろうな
いや、下手すると一週間ぐらいこんな感じかもしれん

0063　この名無しが凄すぎ！
うぅ……ワイの立てた腹筋スレが
一瞬で流れてもうた……

0064　この名無しが凄すぎ！
＞＞63
クソスレ立てんなや

0065　この名無しが凄すぎ！
＞＞63
順当

0066　この名無しが凄すぎ！
＞＞63
お前のID見覚えあるぞ
お前いつもこの時間に、エロ画像
で釣って腹筋させるクソスレ乱立
してるガ○ジだろ

0067　この名無しが凄すぎ！（主）
【朗報】神木拓也、もう海外にまで
その名を轟《とど》かせてしまう↓リンク

0068　この名無しが凄すぎ！
あー、それな
誰かが切り抜き翻訳して海外向け
に投稿したやつがバズったやつだ
ろ？
確か一番多いので500万再生いっ
てた気がする。

0069　この名無しが凄すぎ！
500万⁉
ファーwww
やばすぎやろwww
それめっちゃバズってるんじゃ
ね⁉

0070　この名無しが凄すぎ！
海外は母数が多いからな
日本の感覚で捉えちゃいかん
けど、海外の探索者コミュニティ
に少しずつ神木拓也の名前が広
まってるのは事実や

0071　この名無しが凄すぎ！
国内の探索者とかダンジョン配信
者界隈ではもう名前を知らない人
がいないってレベルだろうな
これだけ騒がれると

0072　この名無しが凄すぎ！
＞＞71
せやね
もうすでに有名探索者クランから
お声がかかってるって噂もあるし、
完全に界隈に名前は知れ渡ったわ
な

0073　この名無しが凄すぎ！
実力的にも申し分ないしな
今からトップクラスの有名クラン入ったとしても十分活躍できるだろ

0074　この名無しが凄すぎ！
マジで今後の活躍が楽しみや
個人的には有名クランとかに入るよりも、神木拓也にはソロで活動してほしいわ

0075　この名無しが凄すぎ！
てか神木拓也の配信見てて初めて知ったんだけど、未成年ってダンジョンの成果物換金できないんだな
今まで成人した探索者のダンジョン配信しか見てなかったから気づかなかったわ

0076　この名無しが凄すぎ！
＞＞75
せやで

0077　この名無しが凄すぎ！
それなー
神木の配信で、オーガの牙とか、リトルドラゴンの鱗とかめっちゃレアアイテムがドロップしてたのにそれダンジョンに捨てることになったの見てもったいないと思ってしまった

0078　この名無しが凄すぎ！
オーガの牙は相場50万
リトルドラゴンの鱗に関しては相場今200万円とかだからな
神木はあの配信で合計で少なくとも250万円ぐらいをドブに捨てたことになる
俺なら発狂してる

0079　この名無しが凄すぎ！
＞＞78
社畜ワイの年収ぇ……

0080　この名無しが凄すぎ！
国はなんでそんな法律作ったんや？
未成年で頑張ってる探索者可哀想すぎないか？

0081　この名無しが凄すぎ！
なんでやろな。
一応言われてるのは、未成年のダンジョンでの死亡率を下げるためってのだけど

探索者デビュー
まぁ理にかなってるっちゃ理にかなってるのか

0086　この名無しが凄すぎ！
もっと上手いやり方あると思うんだけどなぁ……
お上の考えることは庶民にはわかんないね

0087　この名無しが凄すぎ！
まぁ少なくとも今の神木にとってはダンジョンの成果物が換金できようができなかろうがどうでもいいだろ
収益化されたらスパチャ飛びまくるだろうし、250万なんて端金よ

0088　この名無しが凄すぎ！
＞＞87
まぁこれだな
収益化されたら年間数千万、あるいは数億円レベルでスパチャ飛ぶだろうな

0089　この名無しが凄すぎ！
＞＞88
間違いない

0082　この名無しが凄すぎ！
そんなに悪法か？
俺はいいと思うけどどな
こうでもしないと金に目が眩《くら》んだバカなガキどもがこぞってダンジョンに潜ってめっちゃ死ぬやろ

0083　この名無しが凄すぎ！
＞＞82
それなら未成年ダンジョンに入るのそもそも禁止にしろよ

0084　この名無しが凄すぎ！
＞＞83
それだと新しい探索者が育たなくてダンジョン産業の規模が縮小するやろ
神木とか桐谷みたいなのが出てきた理由を考えろ

0085　この名無しが凄すぎ！
まぁ確かにバランスの取れた政策ではあるのか
金にならなかったら探索者の才能ないやつはダンジョンに潜るのやめるもんな

で、才能あるやつは将来のために学生やりながら探索を続けて実力をつける
そして大人になったら晴れて専業

0090　この名無しが凄すぎ！
いやぁ
日本のダンジョン配信界隈も面白くなってきましたねぇ……

0091　この名無しが凄すぎ！
これからの神木拓也の活躍に乞うご期待‼
ってとこか

第20話

「本当に見に来てくれてありがとうございました……！」

ドラゴンを討伐した俺は、集まってくれた視聴者にお礼を言って配信を閉じた。

そして充足感に身を浸《ひた》しながら地上へと戻ろうとする。

「ん？　あれは？」

呑み込まれつつあるドラゴンの死体のすぐ近くに、黒い鱗のようなものが落ちているのを発見した。

「もしかしてドロップアイテムか？」

俺はそれを拾ってしげしげと眺める。

ドラゴンの死体とともにダンジョンの床に呑み込まれなかったということは、これはドロップアイテムの可能性が高い。

深層のモンスターがドロップしたドロップアイテム……きっと売れば高いんだろうなぁ。

「まぁ、持ち帰れないからどうでもいいけど」

未成年のダンジョン成果物の換金は禁物《きんもつ》。

ダンジョンで得たアイテムを地上に持ち帰ることもできない。

俺は少し名残惜しくも、その黒い鱗のようなものをダンジョンの床に放置して帰路についた。

あとからわかったことなのだが、その黒い鱗はリトルドラゴンの鱗といって防具や武器などに使われる超高級素材であり、売れば一枚２００万はくだらないような代物だったらしい。

配信を閉じる寸前にチラリとダンジョンの地面に残されたリトルドラゴンの鱗が画面に映ったらしく、後日視聴者がそのことを教えてくれたのだ。

つまり、俺はそのとき２００万円という大金をドブに捨てたことになったわけだが、まぁ、この際構うまい。

自分の配信に10万人以上の人が来てくれた。その事実だけで俺は十分に幸せで、それ以上を望むのは強欲《ごうよく》というものだ。

＃＃＃

で、その翌日。

「あぁ……昨日は本当に疲れた……」

朝。

俺はいつもより少し遅い時間に、重い体を引きずるようにして通学路を歩いていた。

昨日の夜はあまり眠ることができなかった。

仕方ない。

桐谷を助けたとき以上のスピードで俺のチャンネル登録者とフォロワーが伸びていたために、興奮して寝つけなかったのだ。

「はは……一晩でチャンネル登録者50万人以上増えたぞ……」

俺は信じられない思いで自分の動画サイトのチャンネルを確認する。

そこに表示されているのは、チャンネル登録者80万人の文字だ。

昨日のダンジョン配信をする前まではせいぜいチャンネル登録者は30万人弱といったところだったが、たった一晩で50万人も増えてしまった。

そしてまだチャンネルの伸びは止まらず、現在も更新するたびに数百人単位で増え続けている。

……このペースで伸びたら授業が終わって放課後になる頃には１００万人いってるんじゃないか……？

あと告知用のＳＮＳも似たような速度で伸びており、現在フォロワーは60万人を突破している。

マジで伸びすぎてて怖い。

数百人単位で新たに俺をフォローする新規のフォロワーが、本当に生きたアカウントなのかと疑いたくなってくる。

「しっかし、ダンジョンを出た瞬間にあんな大勢に囲まれるとはな……」

疲れを引きずっている原因は寝不足以外にもある。

昨日配信を終えてダンジョンを出たところで、おそらく俺の配信を見ていた大勢の人たちに囲まれたのだ。


『神木拓也だ‼』

『神木拓也が出てきたぞ‼』

『神木拓也がいるぞ……！』

『神木拓也‼　配信見たぞ‼　ドラゴン討伐おめでとう‼』

『神木拓也っ……握手してくれぇえ‼』

『神木拓也、頼むからサインしてくれぇ‼』

『ファッ⁉』

どうやら俺のダンジョン配信中に、その地形などから俺がどこのダンジョンに潜っているのか特定され、拡散されていたらしい。

そのおかげで、俺がダンジョンから地上に帰還するのを待ち伏せしていた視聴者や野次馬たちに一気に囲まれることになってしまったのだ。

『と、通してくださいっ……ぐっ……息が苦しい……』

『神木拓也‼』

『神木拓也ぁああ!!』

全方向を囲まれ、あちこちから名前を呼ばれ、手を伸ばされてもみくちゃにされて、握手やサインを求められた。

もちろんここ数日でバズった程度の俺にサインなんてないし、人が多すぎて握手なんていちいち応えてられない。

結局俺を取り囲む視聴者や野次馬たちからなんとか逃れるのに二時間もかかってしまい、俺が自宅へと戻る頃にはすっかり夜更《よふ》けになっていたのだ。


「あぁ……このあとも多分……」

そして俺は気づいていた。

こうして通学路を歩き、学校に近づくにつれて徐々に増えてくる周りを歩く同じ制服、俺のもとへ集まる視線。

俺の脳裏に、桐谷を助けた翌日のことがよぎる。

「絶対二の舞になる……俺わかるんだ……」

自惚《うぬぼ》れでもなんでもなく、まず間違いなく俺は学校のやつらによって昨日のダンジョンから出てきたときのようにもみくちゃにされてしまうだろう。

そうなったときのことを考えると、今から憂鬱《ゆううつ》だ。

……しかし、昨日の配信が大成功した喜びもまだ俺の中にあって、つまるところ何が言いたいかというと、現在の俺はめちゃくちゃ感情がぐちゃぐちゃ。

情緒不安定になりそう。

「桐谷ってやっぱすごかったんだな……」

常に周りの視線を集めながら、嫌そうな顔一つせず普通に過ごしている桐谷奏という女の子のすごさを、俺は改めて思い知らされた。

＃＃＃

「よお、ドラゴンキラー!!　今朝は随分遅いお出ましだな……!!　おめでとう!!　昨日の配信は見させてもらったぞ!!　大成功だったな……!」

「うぅ……」

「その様子だとまたやられたな。サインとか握手とか求められたんだろ？　そうなんだろ？」

「あぁ、そうだよ」

「羨ましいなぁ。有名人め。このこの」

「茶化すなよ」

げっそりとした顔で教室にやってきた俺を出迎えたのは、バカに明るい祐介だった。

ここにたどり着くまでに案の定、学校のやつらに握手やサインを求められ、もみくちゃにされて体力を使い果たした俺をニヤニヤと見てくる。

「はぁ……疲れた……」

俺はひとまず自分の席についてため息を漏らした。

俺の前の席に腰を下ろした祐介が、早速話しかけてくる。

「しっかし昨日の配信はマジですごかったな。文句なしの神回だった‼　おめでとう‼　まさか俺もお前がいきなり同接六桁を達成するとは思わなかったぞ？」

「おう……ありがとよ……」

「ん？　なんだ。あんまり嬉しくなさそうだな、ドラゴンキラー」

「嬉しくないことはないが……あんま実感が湧いてこないってのが正直なところだな」

「ふふふ……そうかそうか。だがまぁ、そのうち嫌でも実感するだろ。同接10万人超え、チャンネル登録者80万人超えの人気っぷりを。な、ドラゴンキラー」

「おうよ……」

「まるで神からの思《おぼ》し召しみたいな展開の配信だったよな。あそこであんなに都合よくイレギュラーが起こるなんてな。それを逃げずにしっかり見どころに変えたお前も流石だったぞ。まぁ、お前じゃなかったら確実に死んでただろうがな、ドラゴンキラー」

「まあ、だろうな……深層のモンスターがイレギュラーで深層以外に出現するなんて滅多に……って、おい。さっきからなんだそのドラゴンキラーってのは」

「ん？　知らないのか？　お前についたあだ名だよ」

「俺、今そんなあだ名で呼ばれてんのか？」

「おう。日本じゃなくて海外だけどな」

「は……？　海外？」

「およ？　お前、自分のことなのに知らないのか？　お前、今日本だけじゃなくて海外とかでも拡散されまくってるんだぞ？」

「え……まじ……？」

「まじまじ」

大真面目に頷いた祐介がスマホを操作して、画面を俺に見せてくる。

「なんだこれ？」

「翻訳されたお前の切り抜き動画。昨日の配信の見どころを誰かが翻訳して海外向けに英語タイトルでアップしたんだよ」

「は……？　マジかよ……？」

「おう。お前が配信中に著作権フリー宣言したから、切り抜き師どもはもうとにかくやりたい放題だぞ。ありとあらゆる動画サイトにお前の切り抜きが上がりまくってるし、お前の配信を我が物顔で垂れ流している連中もいる。英語だけでなく、ドイツ語、フランス語、スペイン語、中国語なんかでも翻訳されて、全世界的にどんどん拡散していってるぞ」

「おおぅ……それ以上はやめてくれ頭が痛くなってきた……」

「見ろこれ。一番再生されているお前の英語圏の動画なんだが……」

「は、800万再生……冗談だろ……？」

思わず画面を二度見してしまった。

サムネに俺の顔がばっちり映った英語タイトルの動画。

再生数が800万回となっている。

800万って、昨日の俺の元配信の現在の総再生回数より多いやんけ……

どうなってんだ……

「海外は母数が多いからな。まぁ、ちょっとバズるだけでこの再生数よ」

「うぉおお……俺の知らないところでなんかどんどん大事《おおごと》になっていっているような……嬉しいような、ちょっと怖いような……」

「落ち込むことないだろ。国内外問わず、大勢に認知されるのは配信者冥利《みょうり》に尽きるってもんだろ？　初心を思い出せよ。人気者になりたくてダンジョン配信始めたんだろ？　いざ夢が現実になったら怖気《おじけ》づくのか？」

「いや、そう言われたらそうだけどよ……」

まだ心の準備が。

俺の当初の計画では徐々に人気が出ていく感じだったんだよ。

こんな数日で一気に、俺のあずかり知らないところまで、俺の存在が拡散するなんて思ってもみなかったんだ……

「ちなみに英語圏ではすでにお前のあだ名みたいなのがある……さっきのドラゴンキラーってのがその一つだ。他にもダンジョンサムライ、なんてのもある」

「いやダンジョンサムライってなんだよ」

「日本人といえばサムライ、みたいなのが海外ではあるんだよ。そのイメージとダンジョンが合わさったんだろうな」

「一体俺のどこにサムライ要素が……」

「まぁあんまりそこは深く考えるな。いわゆるステレオタイプってやつだな」

「アメリカ人といえばハンバーガー、みたいな感じか」

「そんな感じだ」

そういうことらしい。

……しかし驚いた。

まさか昨日の配信の切り抜きが海外にまで拡散されて、妙なあだ名までつけられることになるなんてな。

もう自分の存在が一体どこまで拡散されてしまったのか、当の本人の俺でさえ把握しきれていないない。

「いやー……お前もすっかり有名人の様相を呈《てい》してきたな……なんか遠くに行っちまったみたいで寂しいよ」

「急にどうした」

なんだか気持ち悪いことを言いだした祐介を俺はジト目で睨む。

「なぁ、拓也。このままお前が有名配信者への階段を駆け上がっていくとしても、俺たちはずっと親友だよな……？　疎遠《そえん》になったりしないよな？」

媚《こ》びるような声でそんなことを言ってくる祐介に、俺はため息を吐きながら言った。

「誠に遺憾《いかん》ながら俺たちの関係は変わらないだろうな。というか、お前が無理やりにでも疎遠になることを避けるだろ。有名になった俺を利用するために今のうちに親友という立場を利用して取り入ってくるんだろ？」

「お、正解」

祐介がニヤリと笑った。

「俺のことよくわかってんじゃないか親友」

「お前なぁ……」

けどなんだろう。

今はこいつのいつもの小狡《こずる》さというか、狡猾《こうかつ》さみたいなのが妙に安心感があるんだよな。

第21話

「それで、お前これからどうするつもりなんだ？」

「何が？」

「これからの活動のことだよ。やっぱソロでダンジョン配信を続けるのか？」

「ん？　あぁ……まぁ、一応そのつもりだ。というかそれ以外の選択肢があるのか？」

昨日の配信で確信した。

やはり俺に求められているのは、よりダンジョンの深い場所で強いモンスターと戦うことだ。

サイトのアナリティクスなどを見て分析などもしてみたのだが、配信の後半………つまりダンジョンに深く潜るにつれてどんどん同接は上がっていっていた。

それは視聴者が、俺が強いモンスターと戦い、その様子を配信することを求めているという証左だろう。

特にイレギュラーに見舞われ、深層のドラゴンと闘い始めてからの同接の伸びは凄まじかった。

つまりなるべく強いモンスターと戦い、ギリギリの戦いを配信で見せたほうが数字の伸びにつながるのは間違いない。

……昨日の俺とドラゴンの戦いが果たしてギリギリの戦いだったかはさておいて。

「まぁ、そうか。普通に考えたらそっちのルートだよな。それが一番無難《ぶなん》だ」

「……？　他に選択肢があるみたいな言い方だな」

「一応あるぞ」

「なんだよ」

俺にはこのまま下層に潜り続ける以外の選択肢が浮かばなかったが、祐介には他にも何か考えがあるらしい。

俺は俺よりもネットや配信界隈に詳しい祐介の意見を聞いておこうと、話の先を促した。

「一つは海外に売り出すことだな」

「海外？」

「ああ」

聞き返した俺に祐介が頷いた。

「昨日の配信の切り抜きが海外でもバズって、お前は今向こうのダンジョン配信界隈でもかなり知名度が上がっている。海外は母数が多いからな。日本で一発当てるよりも海外で一発当てるほうが、人も多くなるし、稼げる金も上がるだろうな」

「なるほど……海外ね……」

言わんとすることはわかる。

現在俺のダンジョン配信を行っている動画サイトは、海外の企業が運営しており、ユーザーも日本人よりも圧倒的に海外の人たちのほうが多い。

母数の多い彼らに向かって売り出したほうが、日本人向けに売り出すよりも数字的に見て合理的だと言いたいのだろう。

「うーん……もし海外へ売り出すとしたらどうなるんだ？」

「英語の習得が必要になるだろうな」

「え、英語……」

やっぱそうだよな。

もし本格的に海外に向けて売り出すんだとしたら、翻訳された切り抜きが海外で拡散される……ぐらいじゃだめだ。

配信もグローバルな言語である英語で行わなくてはならないだろう。

……だが、残念なことに俺は英語が大の苦手だった。

今から配信で喋れるぐらいの英語を習得しようと試みても、一体どれぐらいの時間がかかるかわからない。

「海外に売り出すのはないかなぁ……」

カタコトの英語で拙《つたな》い配信をして、日本の視聴者と海外の視聴者どっちも取り込めなかったら目も当てられない。

それにそもそも、俺がダンジョン配信を始めたきっかけは、日本人のダンジョン配信者に憧れたからだ。

気持ちとして俺は日本人に向けて売り出していきたいし、海外で有名になるよりも日本国内でより多くの人に認知されることを優先したい。

「無難に日本向けに売り出していくよ。別に世界的なスターになりたいとかそんな野望はないしな」

日本でそこそこ有名なダンジョン配信者になれるだけでも、身の丈《たけ》に合わない幸福だ。

もし仮に英語が喋れたとしても多分同じ結論になったと思う。

「そうか。まぁ、賢明だな。やっぱ外国人と日本人じゃ感覚も違うだろうしな。細かいニュアンスも伝わる日本人に売り出すのが無難ではある。日本国内で売れるだけで十分に金になるしな」

「まぁ、そうだな」

現在のダンジョン配信者の投げ銭ランキングのトップは去年だと10億円を超えていたはずだ。

つまり日本のダンジョン配信者のトップになれば、そのぐらいのお金が稼げるということである。

実際には広告費とか、案件収入とか、もっとたくさんの投げ銭以外の収入源が彼らにはあるだろうし、見えている金額の二、三倍は稼いでいるだろうな。

そんなトップの十分の一……いや、百分の一でも配信で稼げるようになれば、多分俺は満足すると思う。

「他に選択肢はあるか？」

海外向けに売り出していく選択肢を否定した俺は、他にもまだ取れる選択肢があるのかと祐介に尋ねた。

祐介が指を二本立てた。

「二つほどある」

「教えてくれ」

「いいぞ」

祐介が咳払いをしたあとにしたり顔で語りだす。

「まず一つが有名クランに入ることだな」

「有名クラン……」

「ああ。今のお前の実力なら高校生の今から有名クランに入ることができるだろうな。すでに登録者80万って数字も持っているし、お前から話を持ちかければ、ほとんどのクランは応じると思うぞ」

「……なるほど」

「探索者クランには固定ファンもいるからな。現在のお前の視聴者とクランが持ってる固定ファンの相乗効果でおそらく数字は爆伸びするだろうな」

「……ほう」

確かにそれはちょっと魅力的な提案だ。

正直、日本で活躍している一線級の探索者たちに実力で引けを取らない自信があるし、彼らとともにダンジョンに潜っても活躍できる自信がある。

「だが、メリットだけじゃない。問題もある。組織に入るってことはそれだけしがらみも多くなるってことだ」

「あー……それはそうだな」

クランに入れば、人気は安定するかもしれない。

卒業後の将来もある程度保証されたと言っていいだろう。

だが問題はクランの一員になることで身動きが取れなくなることだ。

ダンジョン配信から上がった収益もおそらくクランに何割か持っていかれることになるだろうし、炎上しないように日々気をつけながら配信をしなくてはならなくなる。

もしかしたら、ダンジョンに潜る日時なんかも指定されたりするかもしれない。

「安定はするけど……好きに配信できなくなるのはなぁ……」

「クラン所属はサラリーマンみたいに探索者やりたい連中向けかもな……やっぱお前には合わないか」

「……一応選択肢の一つとして考えておくよ。けど、どちらにせよしばらくはソロで配信すると思う」

「一応クランじゃなくて配信事務所に所属するって手もあるが?」

「それも今のところいいかな……」

多くの大手ダンジョン配信者は、配信事務所というのに所属している。

一般的に事務所に所属することは配信者にとってメリットが多いと言われている。

いろんな場所から案件が回ってくるし、同じ事務所内のダンジョン配信者とコラボなどもしやすくなる。

また税金の関係などで専属の税理士をつけてもらったり、法律関係で相談できるのも大きい。

業界人との繋がりも増えるだろう。

炎上したときに庇ってもらったり、マーケティングなどに関してアドバイスをもらえるのも配信者にとってプラスなはずだ。

……だがその代わりやはり事務所に所属するのはしがらみが多くなることと同義だ。

事務所に配信から上がる収益の何割かを渡さないといけないだろうし、やっぱり組織に所属すれば炎上などにも気を遣って攻めた配信がしづらくなるかもしれない。

俺はまだ伸びたばかりの、言わばぽっと出のダンジョン配信者。

しばらくはソロで活動してみて、色々と厳しいようならそこで初めて事務所所属を検討する、というやり方のほうがいいだろうな。

「そうか。じゃあしばらくはソロでやっていくつもりか」

「ああ。そのつもりだ」

「無難だ」

「無難で悪いか」

「悪かないさ」

あんまり攻めたことをする必要は現時点でないと思うんだよな。

多分視聴者も、俺がソロでダンジョン配信を続けることを望んでいる。

伸びている現在、配信の方針をいきなり変えるのは愚策《ぐさく》だ。

方針転換は伸び悩んだときの緊急手段ぐらいに考えておいたほうがいい。

「で、残る一つはなんだよ」

俺はクラン及び配信事務所所属も否定したところで、最後の選択肢を祐介に尋ねた。

「最後はだな……一番攻めた選択肢というか……リスクもあるが成功したらかつてないほどに伸びる可能性があるやつなんだが……」

「もったいぶってないで教えろ」

俺がもったいつけている祐介を急《せ》かしていると……

「あ……そんなこと言ってたらお出ましだぜ？」

「え？」

祐介が俺の背後を顎でしゃくる。

俺は振り返って祐介の視線の先…………教室の入り口を見た。

「桐谷さんおはよう!!」

「おはよう桐谷さん！」

「桐谷さん今日もかわいいね!!」

「桐谷さんなんで昨日配信しなかったの!?　めっちゃ寂しかったよ……？」

クラスメイトたちがたった今登校してきた女子生徒に対して口々に挨拶をする。

「おはようみんな……！　えへへ、ちょっといつもより遅くなっちゃった。寝坊しちゃって！」

ぺろっと舌を出すあざとい仕草すらも様になっていると思わせてしまう美貌の持ち主……我が学校のアイドル桐谷奏が、たった今登校してきたようだった。

「どういうことだ？　桐谷がどうかしたのか？」

登校してくるなりたちまちクラスメイトたちに囲まれ、挨拶をされたり、褒めそやされたり、昨日配信がない理由などを聞かれたりしている桐谷から、俺は祐介へと視線を戻す。

一体たった今登校してきた桐谷と、俺が配信者として取れる残った最後の選択肢……に、なんの関係があるというのだろうか。

「わからないか？」

祐介が俺と桐谷を見比べてニヤニヤと笑う。

「お前まさか……」

「そのまさかだ」

俺は絶句する。

「冗談だろ？」

「どうしてそう思う？」

「いやいや、だって……」

もし俺が思った通りのことを祐介が最後の選択肢として挙げているのだとしたら、正気を疑わざるをえない。

俺よりいろんなネット事情に精通しているからと話を聞いていたが、こいつは何を言いだしてくれているんだ。

「確認するが……お前が言いたいのはつまり……桐谷とコラボしろと？」

「ああ」

祐介が頷いた。

「それだけじゃない。お前が桐谷とパーティーを組んでこれから一緒にダンジョン配信をやっていく。これが俺の提示する最後の選択肢だな」

「お前に相談した俺がバカだった。時間を返せ」

俺は思わず祐介にそう言っていた。

「……？」

「ったく……何を言いだすのかと思えば……桐谷とコラボ？　パーティーを組む？　そんなの俺で

も悪手中の悪手だとわかるぞ」

「そうか？　俺はインパクトがあっていいと思うんだがな」

あっけらかんとそう言う祐介。

こいつマジで言ってんの？

「冗談ならやめてくれよ。桐谷とパーティーなんて組んだら炎上するに決まってるだろ。桐谷の視聴者がそんなこと許すと思うか？」

桐谷の視聴者は八割が男性だ。

それは以前に桐谷自身が公開していた情報である。

巷《ちまた》に流れている噂では、その八割の男性視聴者のうちの約一割ぐらいが、いわゆるユニコーンと呼ばれる視聴者だと言われている。

彼らは、常に桐谷のＳＮＳやブログ、チャンネルの動向を監視し、少しでも男の気配を感じるとたちまち騒ぎだすのだ。

配信にたまたま映り込んでしまった男性が、ただそれだけの理由で燃やされて配信者引退に追い込まれた話は界隈では有名だが、もっと酷いエピソードだと、桐谷がフォローした一般人男性のアカウントが彼氏だと勘違いされ通報されまくって消されたという事件もあった。

結局そのアカウントは桐谷の彼氏でもなんでもなく、桐谷はただその人の上げる料理の写真が気に入ってフォローをしただけだったのだ。

だが桐谷の視聴者が匂わせだなんだとそのアカウントを通報しまくり、結局そのアカウントは停止に追い込まれてしまった。

……似たような話は挙げればキリがない。

要するに桐谷のユニコーンと呼ばれる視聴者はそれぐらいに熱のあるファンであり、そんな彼らの逆鱗《げきりん》に触れればどうなるかは火を見るより明らかだ。

「ただでさえ今風向き悪いのに……俺がわざわざ火に油を注ぐようなことをするはずがないだろ」

昨日、俺の配信の中に現れた桐谷。

いくつかのコメントを投下してくれて、俺も無視できずに桐谷と配信上で大勢の視聴者の前でやりとりをした。

もちろんそれは桐谷のユニコーンにもすでに知れ渡っていることだろう。

配信上では、かなりお怒りのユニコーンと思しきコメントが散見された。

昨夜は怖くてエゴサできなかったが、現在俺の名前をＳＮＳやブラウザの検索欄に打ち込めば、桐谷のユニコーンたちによる誹謗中傷《ひぼうちゅうしょう》の投稿を簡単に探し出すことができるだろう。

現時点で俺は相当桐谷の熱狂的視聴者の恨みを買っている。

そこへ桐谷へコラボ配信の申請でもしようものなら、本格的に桐谷のユニコーンたちは俺への攻撃を開始するだろう。

パーティーを組むなんてのはそのさらに先にあることで、はっきり言って論外だ。

「そうか？　でも向こうのほうは満更でもなさそうな感じだったけどな」

「桐谷がか？」

「ああ。昨日の配信でも桐谷自身がコメントしてたろ？」

「……お前しっかり見てんなぁ」

祐介の言う通り、昨日の配信で桐谷は俺とのコラボを匂わせるような発言をしていた。

明確にお誘いを受けたわけじゃないが、桐谷の昨日の配信でのコメントを、今後のコラボの伏線と捉えた人も多いはずだ。

「桐谷はなんであんなコメントを……」

普通に考えて、桐谷にメリットがないように思う。

昨日一時的に10万人超えの同接を叩き出したとはいえ、俺はまだまだペーペーで、桐谷の足元にも及ばない配信者のはずだ。

現時点で一部桐谷の視聴者が俺に流れていることだし、桐谷としてはこれ以上俺と絡めば、さらに俺のもとへ視聴者を逃してしまう可能性がある。

つまり、俺とのコラボは桐谷にとってメリットが少ない。

だとしたら……やはり俺に恩義を感じてのことなのだろうか。

「もう十分恩は返してもらったと思ってるんだがなぁ……」

命を助けてもらった恩は桐谷にとって重いのかもしれないが、その代わりに俺はあの事件をきっかけとして多くの視聴者を手に入れた。

もう現時点で十分に恩は返してもらったと思っている。

これ以上桐谷に何かしてほしいなどと思っていないし、あの事件をダシに連絡先を交換しようとか、お近づきになろうとかも考えていない。

「案外恩を受けたとかそういうことじゃなくて、なんとなく仲良くしたいなー、程度の純粋な気持ちで来てるのかもしれんぞ？」

「あー……その可能性もあるか」

「クラスメイトに他にも探索者がいたなんてびっくり！　しかも私より強い‼　一緒に探索とかして色々技術を学べたら楽しいだろうなー……程度にしか桐谷は考えてないのかもしれん。お前も知ってると思うが、桐谷っていまいち自分の人気とか影響力に関して自覚してないところがあるだろ？」

「……なんかそう言われるとその可能性が一番高いような気がしてきた」

意外かもしれないが、桐谷は賢そうに見えて根本の性格はめちゃくちゃ天然なのだ。

これまで何度も配信を切り忘れてトレンド入りしているし、ちょいちょいポカをやって視聴者に呆れられたりしている。

天然すぎるがゆえに、自分の影響力や数字の大きさなどにも無頓着《むとんちゃく》で、有名人であることを鼻にもかけない。

人気が出る前も出たあとも変わらぬソロの配信スタイルで、一生懸命ダンジョンを攻略し、視聴者にドラマと笑顔を届け続けている。

……そんな桐谷だからこそ厄介な熱狂信者が生まれるんだろうけど。

「こうなってくると厄介だぞ。桐谷に悪気はない。ただ純粋にお前と絡みたいと思って近づいてくる。だがその純粋無垢《むく》な桐谷の背後には、たくさんのユニコーンたちが控えていて、桐谷と絡むお前に目を光らせている……ククク。こりゃ面白くなってきた」

「お前なぁ……他人事だからって楽しみやがって……」

クツクツと愉快そうに笑う祐介を俺はジト目で睨む。

「まぁけど、桐谷と距離を近づけるにしろ、このままいくにしろ、お前はどんと構えていればいいと思うぞ。すでにお前の信者コミュニティも形成されつつあるからな。ユニコーンが襲いかかってきても、返り討ちにしてくれるだろ」

「俺の信者ぁ……？　流石に早いだろ」

「いやいや、もうすでに同性異性問わず結構な数いると思うぞ。昨日お前について色々ネット掲示板やSNSなんかで情報集めたんだが、一生お前についていくとか、女だけど抱いてほしいとか、マジで陶酔《とうすい》してるっぽい連中をたくさん見かけたぞ？」

「い、いやいや……そんな大袈裟な……」

「信者の一部がすでにお前の配信上で生み出された語録専用サイトなんて作ったりもしている」

「はぁ!?　嘘だろ!?」

「嘘じゃねーって」

祐介がスマホを操作して、実際にその俺の語録専用サイトとやらを見せてくれる。

「神木拓也の現在までに生み出された語録……『大丈夫だ。こいつは俺が倒す』……『俺、あれぐらいでは死なないので』……『安心してくれみんな。多分この程度なら倒せると思う』……いや、マジやん……」

そこには昨日俺が配信で誤って生み出してしまった語録たちがしっかりと記されていた。

無駄にサイトの装飾とか凝《こ》ってるし……

俺のあずかり知らないところでこんなことまでするやつが出てきてるのか。

「いじられキャラ路線確定だな。おめでとう」

「ぐぉおおお……いやだ……ネットのおもちゃになりたくない……」

ポンと祐介に肩を叩かれ、俺は頭を抱える。

実力派のダンジョン配信者として売り出したかったのにマジでどうしてこうなった。

第22話

「まぁとにかくそういうわけだ。桐谷とコラボなんて絶対にありえない。少なくとも俺から誘うことはない」

「そうか……残念だな。俺はいい案だと思うんだがな」

「いやどこがだよ」

どうやら真剣に俺と桐谷が一緒にやっていったほうがいいと考えているのか、祐介が至って真面目な顔で言った。

「だって、お前たちは今話題の高校生ダンジョン配信者なんだぜ？　配信界のアイドルの桐谷。そして現在絶賛爆伸び中の超新星、神木拓也」

「おおう……」

本人を前に超新星とか言うなよ。

もにょるだろうが。

「そんな2人がパーティーを組んでこれから一緒にやっていくとなれば、絶対に配信界隈に激震が走る大ニュースになると思うんだがなぁ……」

「そりゃ大ニュースにはなるだろ……で、そのあと炎上だろうな」

「炎上のその先に、お前らが2人でトップ配信者に上り詰める栄光の架橋《かけあし》が待ってるのさ。いっそのこと付き合って2人で史上初のカップル系ダンジョン配信者としてやっていけよ！　それなんてどうだ？」

「それなんてどうだ？　じゃねーよ。カップルダンジョン配信者以前に俺と桐谷が付き合うなんてありえねーよ」

こいつは一体どこまで話を暴走させる気だ。

ぶっ飛びすぎててついていけん。

「なんだ？　お前まさか桐谷がタイプじゃないとか言わないよな？」

チラリと祐介がいまだクラスメイトたちに囲まれてあれこれ話しかけられている桐谷を見る。

そんな祐介に釣られて俺も改めて桐谷を見た。

……本当によく整った顔だと思う。

美しさと、可愛さが同居したような、そんな顔。

背も高すぎず低すぎず、出るところは出て引っ込むところは引っ込んでいてスタイルも抜群。

おまけに人当たりが良くて、勉強もスポーツもそつなくこなし、おまけに200万以上の登録者を持つ超人気配信者。

「タイプじゃないやつとかいるのかよ」

「……だろ？」

認めざるをえない。

俺だって男として桐谷に魅力を感じると。

「だったら、もういっそのことガンガンいけばいいんだよ。今のお前ならワンチャン射止められるかもしれんぞ？　桐谷の心を」

「んなわけあるか」

俺は祐介の頭を思わず叩いた。

「あだ」

「あのなぁ……例の事件があったから一時的に関わることになったけど……桐谷なんて本来俺が、俺たちみたいなやつらとは別世界にいる雲の上の住人だろ？」

「そうかぁ？」

「いやそうだろ。そんな俺たちが桐谷を狙うなんておこがましいんだよ」

もし俺が桐谷にお近づきになろうとしようものなら間違いなく周囲から、身の程を弁《わきま》えろとバッシングを受けることだろう。

「俺はそうは思わんけどな。少なくともお前に関しては」

「……？」

「現時点で多分お前が日本一の高校生探索者だろ？　つい数日前までは誰もお前のことなんて気に

も留めていなかったが、今は違う。お前は数字を持っていて世間に注目されている。わりと地位的に言えば、桐谷と肩を並べてると思うけどな」

「いや、そんなことないと思うけどな……」

確かに昨日は大勢の人に配信を見られて、チャンネル登録者もフォロワーも増えた。

だがこの人気が続くかどうかはわからない。

少なくとも桐谷と並んで語られるようになるには、数万人規模の同接を常に維持し続けなければならない。

この先の俺にそれが可能なのかはまだわからない。

「まぁ最終的にはお前が決めることだ。あくまで今までのは俺の意見。参考程度に聞き流してくれていい」

祐介はそう言って話を締め括《くく》った。

「おう……ありがとよ」

俺は案を色々と提示してくれた祐介に感謝する。

桐谷とコラボだのパーティーだの付き合うだの言いだしたときは正気を疑ったが、しかしなんだかんだで選択肢が増えたことはありがたかったかもしれない。

現状は俺はソロで配信を続けるつもりだが、それで数字が伸びなくなったり落ち込んだりし始めたら、もしかしたら今祐介が出した案のいずれかに頼らせてもらうことになるかもな。

「神木くんおはよう！」

だからまぁ、しばらくの間は誰ともコラボせずに、これまで通りダンジョンを１人で攻略する配信を続けるつもりだ。

「昨日の配信すごかったね！　私、すっごくハラハラして見てたんだよ？」

１人で配信をして、どこまで行けるのか試してみたい。

「ドラゴンが出てきたときなんて……もしかしたら神木くんが死んじゃうかもしれないって……心配で、コメントも打てなくなっちゃって……」

今日は流石に昨日の疲れがあるから無理だとしても、また明日から下層に潜るダンジョン配信を再開だな。

「でも本当にすごかったね……！　１人でドラゴンを倒しちゃうなんて……最後の方、10万人超えの視聴者に見られてたし……探索者としても配信者としても尊敬しちゃうな……」

うっし。

気合い入れてダンジョン配信頑張るぞ。

下層のモンスターを華麗に倒して、本格的なダンジョン探索が見たい視聴者層をどんどん確保していくんだ。

「私なんてイレギュラーになっちゃったとき、怖くて何もできなかったから……だから、そういうところ神木くんを見習いたいなって……すごく尊敬できるなって……」

しかも昨日ドラゴンと戦ってみて俺の力は深層のモンスターにも通用することがわかったからな。

「だからね……？　今度良かったら……諸々《もろもろ》学ばせていただくためにも……その……コ、コラボ配信、とか……どうかな？」

下層を攻略する配信をある程度やったら、その先は深層にソロで挑む配信ってのも候補のうちだな……

「べ、別に……その……深い意味があるわけじゃないんだけど……そのほら……私たちって……たまたま同じクラスで同じ探索者で同じダンジョン配信者で……これって結構すごいことだと思うんだ……」

流石にこれまでとは危険度も段違いの配信になるだろうけど……

「だから……そんな私たちがコラボしても不思議じゃないというか……むしろしないほうが不自然というか……」

けど死ぬか生きるかの瀬戸際《せとぎわ》、そのドラマを視聴者に届けるのがダンジョン配信者の本来の役目だからな。

危険なんて顧みずに俺はいつかはやってやるぞ、深層ソロ攻略配信……！

「あの、神木くん……？　聞いてる？」

そのためにまずは今日帰って方針を視聴者のみんなに……

ん？

今名前を呼ばれたような。

「神木くん……‼」

「はいいい！！？」

突然間近で大声で名前を呼ばれた。

俺は思わず返事をして考え事から我に帰る。

「って、桐谷⁉」

気づけば目の前に桐谷がいた。

ちょっと涙目になって俺を見ている。

い、いつの間に……

さっきまで向こうでクラスメイトに囲まれてませんでした……？

「む、無視しないでよ……」

「無視してないよ⁉」

俺は思わずブンブンと首を横に振った。

「か、考え事をしていただけだ……！　その、な、何かな……？」

「うぅ……コラボ配信……したいなって、そういう話……」

「え、コラボ……？」

体を硬直させる俺に桐谷が頷いた。

「そう……ほら、前に神木くん言ってたでしょ？　将来神木くんが私と同じぐらいの視聴者を集めたらコラボしてくれるって……」

「あー……」

そんな話もしましたね。

「昨日の配信見たよ……？　神木くん、私よりもはるかに多い視聴者に見られてたよね……？　ということはコラボの条件はクリアされたんだよね……？」

「い、いや……それは……」

まずい。

どうやら桐谷は俺が数日前にコラボを断ったときのことを覚えていたようだ。

あのときは俺は確か、俺が将来的に桐谷と同じぐらいの人を集められる配信者になったらコラボしよう的なことを言った気がする。

……それは、今後永久に俺が桐谷級の配信者になることはないだろうと勝手に思っての発言だった。

あのときは、まさか昨日みたいなことが起こるなんて考えもしなかったんだ。

「いいよね……？　コラボ配信……私、神木くんから色々教えてもらいたいな？　だめかな……」

「うっ……」

懇願《こんがん》するような桐谷の視線。

俺はつい反射でオッケーしそうになる。

だが待て俺。

冷静になれ。

少し周りに視線を向けてみようか……


『おい、神木？　わかってるな？』

『神木？　受けるなよ？　桐谷の誘い、受けるなよ？』

『もしこの話を断らなかったら…………わかってるよな？』

『神木く～ん？　すべきことは、わかってるよね？』


「……いや怖いからまじで。睨むなよ」

小声でそう呟いた。

コラボしてほしいと俺に頼み込んでくる桐谷…………その背後には俺に無言の圧をかけてくる男子生徒たちがいた。

視線で人が殺せるなら………とっくに俺は亡《な》き者にされている。

あちこちから向けられた刺すような視線が彼らの言いたいことを物語っていた。

「神木くん？　返事を聞かせてくれないかな……？」

「も、もうちょっと待ってくれないか……!?」

理由はわからないけど、こんなふうに何度もコラボに誘ってくれる桐谷の話を断るのは本当に忍びない。

……けどやっぱり今すぐにコラボ配信の話を受けることはできない。

「い、今はちょっとお互いに落ち着かないというか……あんなこともあったし……俺も正直、昨日あんなに大勢に見られてコラボできる精神状態じゃないというか……情けない話だけど……話が大きくなりすぎてちょっと驚いているというか……」

「え、だめなの……？　コラボ配信……」

悲しそうに肩を落とす桐谷。

俺は慌てて取り繕う。

「だ、だめじゃない……！　も、もう少し時間が欲しいだけだ……！　その、もう一週間ほど待ってくれないか……？　ま、まだ俺が昨日みたいな同接を維持できるなんて決まったわけじゃないし……」

「う、うん……」

「もう少し様子を見て…………もしなんだが、俺が桐谷ぐらいの同接を維持できたら…………そ、そのときにコラボするってことで……」

「できると思うんだけどな……神木くんなら。ほぼ確実に……」

「わ、わかんないぞ〜？　やってみないと……は、配信ってそう簡単じゃないから……」

いや、自分よりベテランの配信者に向かって俺は何を言っているんだ。

我に帰ってそう思うが、しかし今はこの場を切り抜けることが最優先だ。

「そっか……わかった。じゃあ、少し時間を置いて、また誘ってもいい？」

「お、おう……」

「確認するけど……神木くんが私のこと嫌いで…………だからコラボ配信を断ってるわけじゃや、ないよね？」

「……っ」

不安そうに、潤《うる》んだ瞳で俺の顔を覗き込んでくる桐谷。

俺はドキリとさせられつつ、明後日《あさって》の方向を見ながら震える声で言った。

「そ、そんなわけないだろ……？」

「そっか！　良かった！」

「……っ!?」

途端にパッと表情を明るくする桐谷。

嬉しげな笑みを口元に浮かべる。

「それじゃあ……近いうちにコラボ配信、また誘うね！」

「お、おう……」

軽やかな足取りで去っていく桐谷。

俺はしばらくの間呆然と遠ざかっていく桐谷を見つめてしまう。

「よお、モテ男」

しばらくして、ぼんやりとしていた俺を我に返らせたのは、祐介のおちょくるような声だった。

「どうしたんだ？　すっかりぼんやりしちまって。桐谷に完全にやられちまったのか？」

「ち、ちげーよ……いきなり話しかけられてびっくりしただけだし……」

「ったく、桐谷ほどの女にあそこまで言わせるなんて、お前は罪な男だよ」

「なんか勘違いしてないか？　別にお前が思っているような理由で桐谷は俺をコラボ配信に誘ってるんじゃないと思うぞ。いや、絶対にない」

「へへ。どうだかな」

「……っ……おいなんだよその目は」

ニヤニヤとしながら意味ありげな視線を送ってくる祐介。

まるで面白いものを見つけたと言わんばかりの表情を浮かべる悪友を、俺はジト目で睨みつけた。

＃　＃　＃

「はぁ……なんだかどっと疲れたな……」

帰宅し、自室で鞄《かばん》を下ろした俺はため息を吐く。

体が重い。

肉体的にも精神的にも疲れが溜まっている。

昨日あんなことがあってあんまり寝れていないのと、今日学校で桐谷のコラボの誘いをなんとか断ったり、一日中クラスメイトや他のクラス、学年の生徒たちの視線に晒されたりしたおかげだ。

「人を見せ物みたいに……」

どうやら昨日の配信の噂はすでに学校全体に広まっているらしい。

休み時間になると、クラス、学年問わず、たくさんの生徒が俺を見にクラスへやってきていた。

まるで動物園で珍獣を見るような彼らの視線に一日中晒されて、俺はすっかり精神をすり減らしてしまったのだ。

「帰りでも囲まれたし……人気者ぶるわけじゃないが、結構大変なんだな。配信者って……」

授業が終わり俺が帰ろうと校舎から出た途端、登校時のようにたくさんの生徒に囲まれた。

サインくれ、握手してくれ、連絡先を交換してくれ。

口々にそう言いながら俺を好き放題もみくちゃにしてくれた生徒たちから逃れるのにこれまた一時間ぐらいを要し、帰宅がかなり遅れてしまった。

「……さっさと配信つけて終わったら今日はもう寝よう」

明日はまたダンジョン配信をするつもりだし、今日は早めに寝ておいたほうがいいだろう。

……いや、今から配信せずに休めよと突っ込まれるかもしれないが、配信者として毎日配信だけは欠かせないのである。

「こ、こんにちはー……」

いつの間にかフォロワーが朝の五割増ぐらいの数字になっているＳＮＳで配信開始のお知らせ呟きしたあと、もうすぐで１００万人に届きそうなぐらいに登録者が増えている我がチャンネルで配信を開始した。

〝きたぁあああああああ！！！〟

〝うおぉおおおおおおお！！！〟

〝待ってました‼〟

〝やあ‼〟

〝神木拓也待ってたぞぉおお！！！〟

〝昨日の配信見ました‼　マジでやばいっすね！！！〟

〝速報！　ドラゴンスレイヤー神木拓也、一夜明け配信開始……！！！〟

〝あれ？　今日はダンジョン配信しないの？〟

〝今日は自宅配信か？〞

配信を開始した瞬間に、一気に同接が０から数千まで跳ね上がる。

ここ数日ずっとこんな感じだがいまだに慣れない。

俺なんかの配信に開始早々通知で飛んできてくれて本当にありがとね。

「昨日はお疲れ様でした。たくさんの人に見ていただき、本当にありがとうございました。今日は自宅から一時間ほど配信を行いたいと思います。ダンジョン配信はまた明日やります」

始まってすぐ、まず俺は昨日の配信のお礼を言った。

「おかげさまでチャンネル登録もフォロワーもかなり伸びました。拡散してくれた方、切り抜いてくれた方、本当にありがとうございます」

切り抜き師たちへの感謝も忘れない。

彼らが配信中も、配信終わったあとも絶えず俺の配信を切り抜いて拡散してくれたおかげで、俺の数字はここまで伸びたのだ。

本当に感謝してもしきれない。

……俺の恥ずかしい語録の切り抜きを広めるのだけはやめてほしいんだけど。

昨日の夜ちらっと確認したが、大真面目に語録が生まれた経緯を解説してる動画とかあったからな。

……そんなことせんでよろしい。


〝昨日は本当に神回だった！〟

〝こちらこそ神回ありがとう‼〟

〝一日で登録者伸びすぎやろwww　大人気の芸能人がネットに参戦してきたときぐらいに伸びてるやんwww〟

〝今日は雑談配信なんですね〟

〝またダンジョン配信してくれ！　早く見たい！〟

〝昨日のソロドラゴン討伐はマジで痺れました‼〟

〝お前の動画、海外でも拡散されまくってたぞ、神木拓也！　確認したか？〟


「あー、えっと、海外のほうで動画が拡散されているのは知ってます。誰かが切り抜きを海外向けに翻訳してくれたみたいですね。本当にありがとうございます。とにかく拡散してくれることはどんな形でも感謝です」

海外向けに売り出さないと決めたが、日本向けに配信しつつ海外視聴者も取り込めたのだとしたらそれがベストだよな。

というか、よく注意してみるとコメント欄にちらほら英語やその他言語でのコメントがあるな。

すでに切り抜きから、俺のチャンネルまでたどり着いた海外の視聴者が少数だがいるようだ。

……なんてコメントしてるかは読めないけど。

ちらっとｓａｍｕｒａｉ《サムライ》の文字だけ見えたがあとは知らん。

「さっきも言いましたが、次回のダンジョン配信は明日になります。今日は万全の態勢でダンジョン配信に挑むために、こうして雑談配信とさせてもらいました」


〝妥当《だとう》だな〟

〝ドラゴン討伐お疲れ～。今日は休んでくれー〟

〝あんな神回の翌日にまたダンジョンに潜ってたら逆に心配になるわ。今日ぐらい休んでくれ～〟

〝昨日の神回見せてくれたお礼にスパチャしたいのに…………できない‼〟

〝収益化はよ‼〟


「収益化は今申請中です。おそらく来週中には通るんじゃないかと思っています」

配信開始数分で同接はすでに１万人を突破。

その後も毎分、数千人単位で増えていく。

（雑談配信でもこんなに人来てくれるのな……）

自分にはダンジョン配信以外は求められていない。

そう思っていた俺は、下手したら昨日以上の速度で増えていく同接数に内心驚きつつ、昨日の配信を振り返ったり視聴者のコメントに返答したりするのだった。

第23話

〝有名クランに入るって噂は本当ですか？〟
〝これからの活動方針どんな感じです？〟
〝切り抜きめっちゃ乱立してるぞwww　管理できんのか？www〟
〝桐谷奏と付き合うって本当ですか⁉〟
〝今日はダンジョン配信しないのー？〟

「どこかのクランに入る予定はありません。どんな噂があるのかは把握できていないですが……今言えることはしばらくは1人でやっていくってことですかね」

〝海外でめっちゃ拡散されてなんかあだ名とかまでつけられてたけど…………これからそっち方面に関しても売り出していく感じ？〟

〝事務所には入るのー？〟

〝彼女いますか⁉　いないんでしたら立候補したいです‼　私そこそこ可愛い自信あります……！〟

〝この人が昨日深層のドラゴンを1人で倒したってのがいまだに信じられない……めっちゃ見た目普通なのに……〟

〝昨日の配信見ました！　どうやったらあんなに強くなれるんですか？〟

「海外に自分のことを宣伝してくれるのはすごく嬉しいです。俺の配信は好きに切り抜いたり、翻訳して拡散してもらって構いません。ですが俺自身は、海外向けに売り出そうとは思ってません。あくまで日本向けにダンジョン配信するつもりです。よろしくお願いします」

〝海外のほうが母数多いぞ‼　海外に売り出したほうが人気になれるし金も稼げるぞ‼〟

〝別にそこは神木の好きにさせてやれよ。視聴者がごちゃごちゃ言うところじゃない〟

〝日本向けに配信してくれるのマジありがたい……！　あんなすごいダンジョン配信がこれからも日本語で見れることに感謝……！〟

〝海外だとたまに化け物みたいに強いダンジョン配信者とかいるけど言語がわからないからな……敷居高いよな〟

〝神木拓也が日本人で本当に良かった〟

これから当面は日本向けに売り出していく。

学校で祐介とのやりとりの中で決めた方針を俺は視聴者の前で宣言する。

視聴者からは、強い探索者の配信が日本語で見られることに感謝、という肯定的な意見が多かった。


〝桐谷奏とコラボするって噂が流れてますけど本当ですか？〟

〝桐谷ちゃんとの関係聞かせて……！〟

〝奏ちゃんと色々噂されてるけどどこまで本当なんですか？〟

〝お前、桐谷のユニコーンにスレでめちゃくちゃディスられてたぞ。何があったんだ？〟

〝桐谷と付き合って気持ち悪いユニコーンどもを発狂させてくれ……！　頼む!!〟


配信を始めて十分が経過。

早くも視聴者が2万人を超えた。

コメント欄の流れもだんだんと速くなってくる。

最初のほうは昨日の配信の感想などを言ったりするコメントが多かったが、徐々に桐谷と俺の関係を聞いたりするようなコメントも増えてきていた。

中には桐谷のファンにめちゃくちゃ悪口を言われていたぞ、という報告も。

……まぁだろうな。

怖いからわざわざ検索して探したりはしないけど。

「桐谷さんとのコラボ配信は現時点では決まってません。それから付き合っているというようなこともありません。そこは理解してください」

ネットに一度広まった情報は、尾ヒレ背ビレがつけられて一瞬で拡散していく。

昨日の夜帰宅して少しエゴサしたところ、俺と桐谷が付き合ってるとか恋人関係にあるとかそんな嘘情報を平気で流しているやつが何人もいた。

彼らが果たしてわかっていて嘘を流しているのか、それとも本当に信じてネットにそう書き込んでいるのかはわからない。

だが根も葉もない噂に火がついて炎上しないためにも、定期的にしっかりと俺の口から桐谷との関係を断言しておくことは必要だろう。

「どのような噂が流れているのかはわかりませんが、俺と桐谷さんはただのクラスメイトです。それ以上でもそれ以下でもありません」


〝なんだ……付き合ってないのか……〟

〝前もあったなこのくだり〟

〝おいユニコーンども。お前らがしつこく疑ったり、色々とあらぬ情報を流したりするから、神木拓也がこんなこと言わなくちゃいけなくなってるんだぞ〟

〝付き合ってたら面白かったのに〟

〝表ではそう言うかもしれませんが、裏ではどうかわかりませんよね？〟

〝どうでもいいです。奏ちゃんとはこれ以上関わらないでね？　神木拓也さん〟

〝これだけ本人が言ってるのにまだ関係疑ってるやつ病気だろ〟

〝うわ、ユニコーンのくっさいコメがわらわらと……〟


「と、とりあえずそういうことなので……それじゃあ、次の話題いきます……」

コメント欄が若干荒れだした。

やっぱり桐谷関連になるとどうしても向こうの視聴者とこっちの視聴者が対立しちゃうな。

俺はこれ以上コメント欄がカオスなことにならないように急いで話題を変える。


〝探索者として強くなる方法を教えてください……！〟

〝探索者になった経緯とか知りたい！〟

〝今日切り抜きで神木さんを知ったんですけど、なんであんなに強いんですか？〟

〝片手剣を使ってる理由とかあるんですか？〟

「片手剣を使っている理由は、片手で持ちやすいからです！」

〝え……？〟

〝ん……？〟

〝そ、そんな理由……？〟

〝www〟

〝適当すぎんか……www〟

〝真面目に答えてください〟

話題を変えようと武器の質問に答えたらめちゃくちゃ困惑された。

〝真面目に答えてください〟〝ふざけてるんですか〟とそんな辛辣《しんらつ》なコメントまで見受けられる。

だが俺としては至って真面目に答えたつもりなんだが……

「本当です！　スマホを片手に配信しているので本当に俺にとっては片手剣がベストな武器なんです！」

〝いや、なんでスマホ使ってるんですか⁉〟

〝アシスタント雇えば良くないですか？〟

〝昨日の配信スマホだったんですね。だからあんなに画質悪くて手ブレも酷かったのか〟

〝なんでドラゴンを倒すような配信者がスマホなんかで配信してるんですか⁉　機材揃えれば良くないですか⁉〟


「えーっとそれは……」

どうやら今日から俺の配信を見始めた新規の視聴者が多いようだ。

俺がスマホで撮影している理由、片手剣を愛用している理由などは昨日の配信で話したと思うのだが……

一応もう一回説明しておくか。

「配信機材がスマホ一台なのはすみません。後々色々揃えたいとは思ってます。まだこのチャンネルは収益化も通ってない状態なので……もうしばらくお待ちください」


〝そうだったんですね。失礼しました〟

〝そういうことだ新参。昨日の配信ちゃんと見返してこい〟

〝昨日の配信で説明してたぞ〟

〝つか神木拓也レベルだと武器とかどんなんでもいいだろ〟

〝早く神木さんの配信を高画質で見たいっす。収益化が通ったら必ずスパチャ投げさしてもらいますね〟

「なるべく早く機材は揃えようと思っています。どうかそれまで応援よろしくお願いします」

できるだけ見やすい高画質高音質ブレなしの配信を視聴者に提供したいからな。

もし収益化が通って広告収入やスパチャ代が手に入ったら真っ先に配信機材に使うとしよう。

〝神木さんがそんなに強くなれた理由を教えてください！〟

〝現在神木さんと同じ高校生です！　探索者を目指しているんですが何からしたらいいですか？〟

〝探索者として実力を伸ばすにはどうしたらいいですか？〟

〝探索者歴十年のベテランなんですけど……中層で沼っています。下層のモンスターと渡り合うにはどうしたらいいですか？〟

「えーっと……探索者として強くなるには……そうですね……えーっと……」

武器について説明したら、その流れで探索者関連の質問が多くなった。

俺の使っている防具を聞いてきたり、探索者として強くなる方法などを聞いてきたりするコメントが増え始める。

実を言うと、これまでダンジョン配信者として人気になりたい一心でダンジョンに潜ってきたので、これと言って深い考えや方法論があるわけじゃない。

だが答えないというのも不親切かと思い、俺はなんとか答えを捻り出す。

「探索者として強くなる方法は……俺ごときが語っていいのかって問題もあるんですが……なんて言うかこう……モンスターの動きを見るんです」

〝ほう……？〟

〝詳しく〟

〝どういうことですか？〟

〝詳しく解説お願いします〟

「その……詳しくと言われると難しいんですが…………モンスターの動きを見て……攻撃を避けるんです」

〝は……？〟

〝はい……？〟

〝どういうことですか？〟

〝いや、攻撃を避けるんですって言われても〟

「攻撃を避けるとモンスターは怯みますよね？　そしたら攻撃のチャンスです………こう、ズバッと!!　思いっきり攻撃してみてください。そしたら大抵のモンスターは倒せます」


〝いや意味不明なんですけど……〟

〝攻撃を避けるって……そこが難しくないですか？　避ける方法を聞きたいんですけど〟

〝真剣に聞いてるんですけど……〟

〝いや大雑把すぎるだろ www〟

〝でたぁあああああ！！！　超感覚派の天才神木拓也の探索講座!!〟

〝相変わらずお前の探索者講座なんの役にも立たないな〟

〝新参戸惑ってるやん www〟

〝諦めろ。神木拓也はいつもこんな感じだ〟

〝今日から見始めた新規の方許してやってください。この人昨日もその前の配信でもこんな感じでした〟


「ほ、本当なんです……皆さんも試してみてください……モンスターの攻撃を避けて、隙を見て攻撃するんです!!　そうしたらほとんどのモンスターは倒せます……!!」

〝はいはい……www〟

〝わかったわかった〟

〝そりゃお前だけだ〟

〝剣の先から斬撃出せて、スマホのフレームレートで捉えられないほど速く動けるお前にとってはそうだろうさ〟

〝諦めよう。こいつと俺たち凡人は住む世界が違う〟

〝凡人探索者には凡人探索者なりのやり方があるさ……〟


「えぇ……なんでぇ……」

真剣に答えたのに呆れられてしまった。

前もこんなことがあったような……

俺としてはかなり頑張って説明したつもりだったのに……

「ほ、他に何か質問ないでしょうか……」


〝語録専用サイトできてたぞ。見た？〟

「ご、語録専用サイト見ました……あの、恥ずかしいのであんまり広めないでほしいなと……」


〝大丈夫だ桐谷。こいつは俺が倒す‼〟

〝安心しろ桐谷。こいつは俺が倒すから……！！！〟

〝俺、あれぐらいでは死なないので‼〟

〝あれぐらいでは死なない神木さんちっす〟

〝神木さんあれぐらいでは死なないのすごいっす〟

〝安心してくれみんな。多分この程度なら倒せると思う‼　↑これマジで痺れましたwww〟

〝多分この程度なら神木さんなら倒せるんやろなって、安心して配信見れますwww〟


「ぐぉ……」

コメント欄に一気に、過去に俺が言ってしまった恥ずかしいセリフを書かれまくり、俺は呻き声をあげる。

マジでやめてほしい。

語録とかにしないでほしい。

目にするたびにベッドで身悶《みもだ》えしたくなるから一刻も早く忘れ去られてほしい。

〝ネット民には逆効果でした……www〟

〝もうすでにお前の語録を呟くだけのｂｏｔアカウントとかあるからな〟

〝今日その構文めっちゃ流れてきて何かと思ったらこの配信発祥だったんですね〟

〝神木拓也語録専用まとめサイトマジやんwww　めっちゃ凝ってるし誰がこんなの作ったんだwww〟

〝諦めろ神木。ネットで顔出しして配信している時点でいつかはこうなる運命なんや。受け入れていけ。そして楽になれ〟


「う、受け入れられるように努力します……」

果たしてそんな日が来るだろうか。

言われ続けると感覚が麻痺してきたりするのだろうか。

確かに、俺が普段好きで見ているダンジョン配信者たちも定期的に名言みたいなのを生み出して、それがネット上で構文として面白半分で使われたりしているよな。

……配信者の宿命として諦めるしかないのか。

まぁ、とりあえずこれからはなるべく、あとに聞いて恥ずかしくなるようなことは言わないように気をつけよう。

「えーっと……次の質問……って、うわっ⁉」

〝神木拓也うざい神木拓也うざい神木拓也うざい神木拓也うざい……〟

〝神木拓也うざい神木拓也うざい神木拓也うざい神木拓也うざい……〟

〝神木拓也うざい神木拓也うざい神木拓也うざい神木拓也うざい……〟

〝神木拓也うざい神木拓也うざい神木拓也うざい神木拓也うざい……〟

〝神木拓也うざい神木拓也うざい神木拓也うざい神木拓也うざい……〟

〝うわなんだこれ〟

〝連投だぁあああああ！！〟

〝なんだこいつ〟

〝こいつやば〟

次の質問にいこうとしたところで、いきなり画面が神木拓也うざいの文字に埋め尽くされた。

俗に言う連投荒らしというやつである。

同じようなコメントを連続で投稿しまくって、配信を荒らす行為だ。

〝桐谷奏に近づくな桐谷奏に近づくな桐谷奏に近づくな桐谷奏に近づくな〟

〝桐谷奏に近づくな桐谷奏に近づくな桐谷奏に近づくな〟
〝桐谷奏に近づくな桐谷奏に近づくな桐谷奏に近づくな〟
〝桐谷奏に近づくな桐谷奏に近づくな桐谷奏に近づくな〟
〝桐谷奏に近づくな桐谷奏に近づくな桐谷奏に近づくな〟
〝だるこいつ……〟
〝コメント読めねぇ……〟
〝うーわ。荒らし湧いてる……〟
〝神木さんＢＡＮしちゃってください〟
〝タイムアウトにしたほうがいいですよ、神木さん〟

「あ、あの……連投はやめてください……他のコメントが読めなくなってしまうので……お願いします……」

一つのアカウントが文章を変えてずっと連投をし続けている。

何かしらのツールを使っているのか、ほとんど他のコメントが見えないレベルの速さで文章が投下されていっている。

文面を見る限りおそらく桐谷の視聴者だと思われる。

俺は何度かそのアカウントに対して、連投をやめてくださいとお願いした。

「連投やめてください。配信の妨《さまた》げになります。お願いします……もしやめない場合は申し訳ないですけどタイムアウトにします」

何度か連投をやめるようにお願いし、もし従わない場合はタイムアウト………つまり配信から追い出すと警告したのだが連投はやまなかった。


〝桐谷奏に近づくな〟

〝神木拓也調子に乗るな〟

〝うざいうざいうざい〟


そんな文章を永遠とツールか何かで連投している。

「すみません。タイムアウトにさせてもらいます」

俺はこのままだと配信に支障をきたすため、連投をして荒らしているアカウントをタイムアウトにして配信から追い出した。


〝ふぅ……すっきりした……〟

〝タイムアウトナイス〟

〝消えたぁああああ！！！〟

〝戻った‼〟

〝タイムアウト乙です〟

〝やベーやつだったwww〟


連投が消えたことで画面が一気にすっきりした。

「ふぅ……」

俺は安堵のため息を吐く。

まさか有名配信者の配信でしか見たことがない連投荒らしが俺の配信に湧くなんてな。

ちょっとびっくりしたが……アンチが湧くほど知名度が上がってきたと前向きに捉えるとしよう。

「すみませんでした。連投していた方はタイムアウトしました」


〝お疲れっす〟

〝やばかったっすね〟

〝いきなりでびっくりしたwww〟

〝桐谷豚さぁ……〟

〝ユニコーン、顔真っ赤で草なんよwww〟

〝なんかこの配信いろんな人がいますね笑〟

〝ここは流星街〟


「ご迷惑おかけします……」

そんな感じで突然やってきた連投荒らしをタイムアウトにするなんて一幕もありつつ、俺は配信を一時間続けた。

最終的な同接は5万5000人ほど。

ダンジョン配信をメインコンテンツとしてるチャンネルでこの数字はかなり多いと言っていいだろう。

おそらく昨日の配信の影響も少なからずあるのだろうが。

「ふぅ……なんだかんだ楽しかったな……」

配信を終えた俺はパソコンの電源を落としてため息を吐いた。

呆れられたり、語録を書きまくられたり、連投荒らしが来たり、色々あったが終わってみて残ったのは充足感だった。

やっぱり配信は楽しい。

確かにアンチもいるかもしれないが、それでもずっと同接0でやってたあの頃に比べたら全然マシだ。

配信者として活動する以上全方位に好かれるなんて不可能だし、アンチの存在が目について気になるってのは贅沢な悩みなんだろうな。

「さて……エゴサでもするか」

配信を終えた俺はベッドに寝転がりながらスマホで先ほどの雑談配信や昨日のダンジョン配信の評判を調べる。

「概ね好評っと…………」

先ほど終えた配信の感想をすでに呟いてくれている人たちが何人もいて、その多くが好評だった。


〝楽しかった〟

〝カオスだったが退屈しなかった〟

〝普通に良かった〟

〝意外に雑談力のある神木拓也〟

〝ちゃんとコメント丁寧に拾ってて好感上がった〟

ざっと見たところ、そんな肯定的なコメントが目立つ。

〝神木拓也ムカつく〟

〝桐谷奏に関わらないでほしい〟

〝付き合ってないとか言ってるけどどうだかわからん。裏でこっそり会ったりしてるかも〟

たまにそんな桐谷のユニコーンたちのアンチコメントが目に入るがやっぱり少数派だ。

「よきかなよきかな……って、ダイレクトメッセージの量やばいな」

ＳＮＳでエゴサをしていると自分にたくさんのダイレクトメッセージが届いているのが目に入った。

そうか。

まだＤＭ開放したままだったか。

……毎日これだけのメッセージが届くようなら全部読めないし閉じたほうがいいかもな。

「どれどれ……」

そんなことを思いながら、俺は一番最新のＤＭを開いてみる。

〝これ私の胸です！　どうでしょうか？　神木くんの彼女に立候補したいです‼〟

「ふぁっ⁉」

目に飛び込んでくる誰のものとも知らない裸画像。

俺の彼女に立候補したい旨の文章が添えられていた。

「……っ」

さっと画面を閉じた。

うん、俺は何も見なかった。

「やっぱりＤＭは閉じよう」

俺はそう決意したのだった。

異世界ゆるり紀行
子育てしながら冒険者します
1~15
水無月静琉
Minazuki Shizuru
シリーズ累計110万部(電子含む)突破!!
2024年待望のTVアニメ化!
1~15巻好評発売中!
コミックス1~8巻好評発売中!
子連れ冒険者ののんびりファンタジー!
神様のミスで命を落とし、転生した茅野巧。様々なスキルを授かり異世界に送られると、そこは魔物が蠢く森の中だった。タクミはその森で双子と思しき幼い男女の子供を発見し、アレン、エレナと名づけて保護する。アレンとエレナの成長を見守りながらの、のんびり冒険者生活がスタートする!
異世界ゆるり紀行 子育てしながら冒険者します
水無月静琉
転生したら双子を保護しました。
子連れ冒険者の異世界のんびりファンタジー!
異世界ゆるり紀行 子育てしながら冒険者します
水無月静琉
みずなともみ
1
転生したら幼い双子を保護しました。
シリーズ累計15万部!!
●各定価:1320円(10%税込) ●Illustration:やまかわ
●漫画:みずなともみ B6判 ●各定価:748円(10%税込)

この作品に対する皆様のご意見・ご感想をお待ちしております。

おハガキ・お手紙は以下の宛先にお送りください。

【宛先】

〒150-6019 東京都渋谷区恵比寿 4-20-3 恵比寿ｶﾞｰﾃﾞﾝﾌﾟﾚｲｽﾀﾜｰ 19F
（株）アルファポリス　書籍感想係

メールフォームでのご意見・ご感想は右のＱＲコードから、
あるいは以下のワードで検索をかけてください。

アルファポリス　書籍の感想　検索

ご感想はこちらから

本書は Web サイト「アルファポリス」（https://www.alphapolis.co.jp/）に投稿されたものを、改稿のうえ、書籍化したものです。

【悲報《ひほう》】売《う》れないダンジョン配信者《はいしんしゃ》さん、
うっかり超人《ちょうにん》気《き》美《び》少女《しょうじょ》インフルエンサーを
モンスターから救《すく》い、バズってしまう

taki210（たきにーと）

2024年 1月31日初版発行

編集－芦田尚
編集長－太田鉄平
発行者－梶本雄介
発行所－株式会社アルファポリス
〒150-6019 東京都渋谷区恵比寿4-20-3 恵比寿ｶﾞｰﾃﾞﾝﾌﾟﾚｲｽﾀﾜｰ19F
TEL 03-6277-1601（営業）　03-6277-1602（編集）
URL https://www.alphapolis.co.jp/
発売元－株式会社星雲社（共同出版社・流通責任出版社）
〒112-0005 東京都文京区水道1-3-30
TEL 03-3868-3275
装丁・本文イラスト－タカノ
装丁デザイン－AFTERGLOW
印刷－中央精版印刷株式会社

価格はカバーに表示されてあります。

落丁乱丁の場合はアルファポリスまでご連絡ください。

送料は小社負担でお取り替えします。


ISBN978-4-434-33330-9 C0093